ともに生きる時間

巳年で蠍座
愚息が三匹

東野　明美
AKEMI TONO

元就出版社

【目次】

第一部　巳年で蠍座　9

第二部　**愚息が三匹**　139

第一部

巳年で蠍座

もしかして、雨女

二十七年前、私たちの結婚式は朝から大雨だった。「雨降って地固まる」ばかりの祝辞の雨に固められたのだろうか、中年《さる》で獅子座の主人と巳《み》年で蠍座の私という、どんな占いでも相性最悪な二人がどうにか離婚もせずにこれまで過ごしている。

今になって思い返すと、不思議なことにこの時だけでなく、思い出の場面には雨が降っていることがほんとうに多い。それも結婚式や入学・卒業式といった晴れの場に雨が降っている。

大学三年の秋、中学時代からの親友の結婚式も雨だった。着るのは成人式以来二度目という振袖をホテル内で着付けてもらって写真を撮り、披露宴に出席したまではよかったが、いざ着替えて帰ろうという時になってはたと困った。何しろ夕刻に始まった披露宴は三時間四十五分にも及び、

「着替えてお帰りになるのでしたら、お着物はたたんで差し上げましょう」

と頼もしく請け合ってくれた美容室ももう閉まっていた。

二次会の席で、雨がまだ降り続いていることを知って、新妻となった親友が彼女たちの部屋で着替えることを勧めてくれた。友人たちに囲まれて上機嫌の十歳年上の新郎までが親切

に勧めてくれたので、厚かましくも私は彼女に伴われてスィートルームに赴き、彼らの初夜の床となるべきベッドの上でがむしゃらに振袖を脱ぎ、その傍から彼女がかいがいしく小物をまとめ着物をたたんでくれたのだった。

ちなみにこの一年後、主人とのお見合いで使われたのが、この日の振袖姿の写真だ。時は流れて、長男の中学校入学式。この日はまさに春の嵐で、コートを着ていても中のスーツに染み透るほどの激しい雨が吹きつけていた。ＪＲ谷保駅から学校までの千二百メートルほどが長く長く感じられ、重いリュックを背負ってこれから毎日、この道を通う息子がかわいそうになったことを覚えている。

次男の高校卒業式は、雪でもおかしくないほどの凍えそうな冷たい雨が降っていた。式後、学校を後にして、私は父母の昼食会の準備のために大学通りを国立へと急いだ。両側に桜並木とタイル敷きの歩道が整備されているこの大通りは、国立駅と谷保駅を南北に結ぶ二キロメートルほどのもので、息子たちの学校はちょうどその中間地点から少し入ったところに位置している。

谷保経由の我が家にはあまりなじみのない道を歩いていくと、一橋大学に差しかかるあたりから歩道に水溜りが増え、その水嵩《みずかさ》も増してきた。寒さに感覚のなくなった足で、大きく広がった水溜りの浅そうなところを選び伝っている時、私の頭の中に唐突に、「『国立の丘にして……』って校歌にあるけど、ほんとうは国立って窪地なの」

という国立在住の友人の言葉が浮かんできた。

広い道路で整然と区画された緑溢れる街、しゃれた店が立ち並ぶ街という国立のイメージと、窪地のじめっとしたイメージが結びつかず、ずっと半信半疑だったのだが、こうして見るとなるほど確かにここは窪地だ。Seeing is believing. と妙に納得し、その後は好奇心が湧き上がって寒さも気にならず、水溜りのようすなどを観察しながらけっこう楽しんで雨の中を歩いたのだった。

そういえば、去年九月、主人の甥の結婚式も雨だった。前もってホテルの美容室に持ち込んでおいた色留袖を着付けてもらって大正解と思ったのも束の間、本館の親族控え室から旧館のチャペルまで、屋根だけがついた幅二メートルほどの渡り廊下を、吹き込む雨に晒されながら歩くことになってしまった。

晴れていれば何ということのない三十メートルほどの距離が、雨に煙るととても長く見える。撥ねあがる強い雨脚に、正装した私たち列席者がなぜか言葉少なくなり細い列を作ってとぼとぼと歩く中、叔母だけが声高に裾を絡《からげ》たほうがいいと、さかんに義母に勧めていた。

幼稚園児の頃から知っているこの甥の結婚式は、我が家の長男のディレクターズスーツ姿も加わって、世代が代わったことを深く感じさせ感慨一入のものだった。それでもなお、まず思い出してしまうのは雨の吹き込む渡り廊下なのだから、雨もなかなか自己主張が強い。

こうして記憶を辿るとほかにも、あの時も、この時もと雨の場面が浮かんでくる。特に結婚式は従弟二人にこの甥と、ここのところ三回連続雨だ。今月末に媒酌人を務めるのだが、何だか急に天候が心配になってきた。

私の場合、結婚式や入学・卒業式など、晴れの場に出ることはせいぜい年に一回か二回ほどなのに、なぜこうもその晴れの場を選んだように雨に降られているのだろう。

「もしかして、雨女」――疑惑が深まる。

甘夏物語

「うわっ、いい香り」

長男を見送ろうと玄関を出た途端、甘酸っぱい香りを感じた。昭和六十一年、転居してきて初めて迎えた初夏のことだ。

「おかあちゃま、これ、何の匂い？」

「お花が咲いたのかな。何のお花かしらねえ」

香りに心を残しながら当時小学校二年の長男はランドセルを鳴らして門を出ていった。

その後、次男を近くの幼稚園に送ってきた帰りに、私は香りの主を突き止めるため、周辺の探索を開始した。

その頃の我が家の庭は至って殺風景で、狭さとは不釣合いに伸びた数本の楠と貝塚息吹が幅を利かせて、花の咲く木はつつじと紫陽花、海棠《かいどう》のみという状態だった。わが家のものでないこの香りは近隣の庭先から漂ってきているに違いない。

隣の家の塀に沿って進むと、心なしか香りが強まってきたような感じがした。胸の奥を、甘さが掻きたてて、潜む酸味が切なくさせるような、心そそられる香りだ。酸味の爽やかさが暑くなり始めた今の気候にぴったりだ。

見るとフェンスの向こうに高さが三メートルほどの木が、自分の丈ほどに広げた枝々に濃い緑の葉をこんもりと茂らせていた。

近寄っていくと、枝の先には葉に混じって、二センチほどの星形の五弁の白い花が無数に開いている。これが爽やかな香りの主とみた。

「東野さん」

不意に、しわがれた声がした。

人の気配がないところからいきなり声をかけられ、私はびっくりしてフェンスの向こう側を覗き込んだ。この家の八十歳ぐらいのご主人が如雨露《じょうろ》を持った手を休めて中腰のままこちらを向いている。

「おはようございます。いい香りですねえ」

私は驚きを隠して、息を整えながら挨拶した。

「夏蜜柑ですよ。実ったら上げますよ」

ご主人は親切だ。

「あっ、いえ、そんな」

私は実を欲しがっているように思われては大変と、両手を振って「お気遣いなく」と恐縮しながら足早に失礼した。

少し離れてから、これが夏蜜柑かと、もう一度意識して香りを吸い込んだ時、ひどく唐突に「夏蜜柑」「柑橘類」と連想ゲームのように単語が浮かび、「皐月待つ　花橘の　香をかげば　昔の人の　袖の香ぞする」と古今集の歌が思い起こされた。

そうか！　このような香りの中で詠まれた歌だったのか。もともと好きな歌だが、濃緑の葉の中に小さいながらもくっきりと咲く花の潔い白さ、香りの爽やかな甘酸っぱさを知って、いっそう心惹かれる歌になった。

「そうだ！　甘夏を植えよう」

また、突然に閃いた。甘夏なら柑橘類同士だから香りに大差はないはずだし、実は夏蜜柑より魅力的だ。玄関のそばに甘夏を植えて、毎年、初夏にはこの香りの中で「皐月待つ」の歌を口ずさむのだ。何て心躍る思いつきだろう。ちょうど実家の父母が、新築祝いに柿の苗木をくれるという話もあるので、生《な》り物のない我が家の庭もこれで俄然活気づくだろう。

私はその日のうちに駅の近くの、苗木なども置いている花屋さんに出かけ、二本の甘夏の苗木を注文した。

数日後、花屋さんが六十センチほどの苗木二本を、トラックに乗せてやってきた。苗木と一緒に荷台から下ろした大きなスコップを片手に、「どこに植えましょう」と聞く。

「ここと……、ここね」

私は二階玄関へ続くブリッジの傍と、一階玄関のガレージ横の地面を指差した。二階玄関は家の東側にあり、一階玄関は西にある。二カ所の植栽予定地は十五～六メートル離れていた。

花屋さんはちょっと不満げだ。

「なるべく近くのほうがいいんですけどね」

そのほうが実がつきやすいという。

「お玄関のそばで香ってほしいのよ」

「そうですか」

香り目当てでは実のつきの悪い位置でもしょうがないと思ったのだろう。花屋さんはざくざくと土を掘り起こし、指定の場所に甘夏を植え込んでくれた。

こうして庭のメンバーとなった七十センチほどの苗木たちだが、その後の成長は私の決断の早さとは裏腹に、遅々としたものだった。

一年目二年目と期待に反して花は咲かなかった。

「『桃栗三年、柿八年、柚の馬鹿野郎十八年』っていうらしいぞ。これも仲間だから遅いんだよ、きっと」

主人は花の季節を迎えるたびにがっかりする私に、慰めのつもりか、どこかで聞いてきたらしいこんな言葉を繰り返したが、私の気持ちは晴れなかった。

それでも少しずつ背丈は伸び、一メートルほどになり、今年こそは花が咲くだろうと期待していた矢先、あろうことか、ガレージ横の木が、アゲハの幼虫に葉を食べ尽くされて枝だけの無残な姿になってしまった。

このまま枯れるのだろうかと心配したが、思いのほかに木は強く、何事もなかったように緑の葉を茂らせ始めた。

しかし気候が合わないためか、楠の陰が射すせいか、やはりどうしても育ちが悪い。遅れて植えた柿は諺どおり、八年で実をつけたが、甘夏は実どころか花も咲かない。

ところがちょうど十年目になって、庭に君臨してきた楠を一本切り倒すことになった。ひな壇の石垣に負担がかかると建築の専門家から注意されたためだが、これで日陰の身から解放された甘夏は、一日中遮るもののない陽光を独占して、葉の茂らせ方も密で豊かになってきた。

そして十二年目の五月、アゲハの攻撃を免れた方が、数個の球形の蕾をつけ、晴れ渡った日に咲いて見せてくれた。

如何せん数が少なかったので辺り一帯に香り立つという状態には程遠かったが、我が家の庭で、念願の「皐月待つ　花橘の香」を胸に吸い込み、私の心は浮き立った。

翌年、丸坊主になったほうも負けじと花をつけ、十五年目からは感心に実まで生り始めた。こうしてようやく甘夏は、我が家の歳時記を彩るようになったのだった。

この地に越して満二十年。今年も、若葉が青葉に変わる頃、夏到来を感じさせる日差しの中で、星型の白い花が爽やかに香る日が近づいてくる。

単身赴任は楽?　それとも大変?

我が家の主人は、約二十年間、単身赴任中である。

「夫が単身赴任」と話した時の相手の方の反応は様々だが、大まかには二種類に分けられる。

「それは楽ですよね」、あるいはもっとストレートに「うらやましい!!」というパターンと、

「たいへんですねえ。ほんと、お気の毒」というパターンだ。

そして、どちらのパターンの発言をするかによって、その方の家庭におけるご主人の様子が垣間見えるから面白い。

前者の家庭のご主人は、きっと手間がかかるタイプだ。座ったまま、「ビール」「お茶」などと宣うのだろう。こんなご主人が『元気で留守なら楽よねぇ』という心理が、「うらやましい」などといった発言となって現れてくるように見える。

これに対して、後者のご主人は家事に協力的な、よき家庭人としての顔を持つタイプだ。『主人のいない生活なんて考えられないわ』という心理が「気の毒」といった発言の背景に横たわっているように思われる。

ちなみに、二十年にわたる主人の単身赴任期間中、私にかけられた言葉は、圧倒的に前者が多い。

私自身もよそのご主人が単身赴任と聞くと、「うちもそうですけれど、楽な部分もありますよね」と声をかけてしまう。そう、主人も「ビール」「お茶」のタイプだからだ。

息子たちの未来のお嫁さんにも聞いてみたい。

「単身赴任って楽？　それともたいへん？」

「でも僕じゃないんだよね」

米韓の研究チームがクローン犬作製に成功したとのニュース（二〇〇五年八月四日）が報じられた。一九九六年の羊・ドリーに始まり、マウス・牛・山羊・豚・ウサギ・猫・馬などで、成体の体細胞からのクローン作製は成功しているが、犬は技術的な問題があり今までは成功していなかった。犬の臓器はヒトとの共通点が多いことから医学研究用としての需要が見込まれているという。

クローンと聞くと思い出すことがある。

二年ほど前、ドリーの死亡ニュースに端を発して、クローンが家族の話題になった。

ドリーは生まれた時から細胞のドナーの年齢を引き継いでいたようで、一歳で老化現象の兆候が見られ、六歳で肺疾患を患い安楽死させられた。

六歳は羊の平均寿命の約半分だということから、始めのうちは「年取って生まれてくるなんてかわいそう」、「高齢で死んだペットのクローンを作っても、またすぐ死なれて悲しい思いをすることになるんだね」などと話していたが、「人間を作ったって話しもあるよね、ちょっと嘘っぽいけど」と海外の宗教団体がクローン人間を誕生させたという、当時世間を賑わせていたニュースから俄然盛り上がってきた。

「禁止されたって、きっと作るよね」と私。孟子には悪いが性善説は取れない。

「規制の効かない国だってあるしね」と長男。

「エスカレートするもの。やってみないはずがないよ」と私。

「自分のクローンって、全部おんなじってこと?」と、どうも腑に落ちないといった表情の三男。

「遺伝子がね」と長男。

「何かすっごい不思議。どんな感じだろう。自分とおんなじように成長してくるわけでしょ。

……でも、きっと、いろんな目的で作られるよね。子どもができないから代わりに自分のクローンを作るなんてまともだけど、たとえば自分が移植を必要とする病気になった時のために作っとくって手もあるよね。教育も何もしなくていいんだもの、ただ動物みたいに飼っとけば」

「おかあちゃまってほんとに怖いことばっかり思いつくんだよね」とおぞましそうな視線の主は三男。

「でも、それなら拒絶反応はないわけだしね。そんなこと絶対に起きないって信じられないところがいやだよね」と長男。

「だから、神さまの領域に踏み込んじゃいけないの。生命を作り出すところに人間が関わりあっちゃいけないんだよ」

総括するように夫が持論を展開し始めた。

「自然に逆らっちゃいけない。生命を弄んでそれを進歩だなんて喜んでいるうちに恐ろしいことが起こるぞ。何にもいいことなんかないから」

彼は日頃から科学の暴走を憂慮している。

「うーん、でも、子どもに死なれた親が、その子のクローンが欲しいっていうんなら、分かる気がする」

私は暗い面だけではないだろうと考えた。

この言葉を聞いて、それまで黙っていた次男が、

「でも、もし僕が死んで、おかあちゃまたちが僕のクローンを作ったとしても、その子は僕じゃないんだよね」

とぽつんと漏らした。

『寸鉄人を刺す』と喩えては誉めすぎだが、無口なこの子の一言は的を射ていることが多い。虚を衝かれて言葉が返せない私の目を真っ直ぐに見て、彼は言葉を強めて訴えた。

「ね、僕は死んじゃったままでしょ。その子は僕じゃないんだよね」

「そうだよ、そのとおりだよ。死んだものが生き返るわけじゃないんだよ」

我が意を得たりと夫が頷く。

「生き返ったように思うのはまったくの錯覚だよ」と冷静な長男。

「ほんとだ。大きな勘違いをしてた」

私は自分の浅はかさを大いに反省させられたのだった。

テレビの画面からは「既に商業化されているクローン猫に続くクローン犬の誕生で、ペットビジネス業界も大いに活気づいています」と明るく告げたアナウンサーが、ややトーンを落として最後に一言。

「しかし、クローン猫には、『体の模様や性格が元の猫とは違っている』といった問題も指摘されています」

ペット墓地の十字架の下で猫が叫んでいる。

「その子は僕じゃないんだよ！」

謎の非常ベル

ピンポーンと、一階門扉のチャイムが鳴った。二階の茶の間で息子たちと一緒にいた私は、西日よけに閉めておいた雨戸をガラリと開けて、門を見下ろした。逆光の中に、ベージュの作業服を着た若い男性がひとり、こちらを見上げている。

「どちらさまですか」と尋ねると、「明日から三日間、お近くで非常ベルの工事をしますのでお知らせしてます。その時、ベルを鳴らすことがあるかもしれませんが、工事ですので鳴っているのを見ても安心しててください」と、手に持った数枚の紙をヒラヒラさせている。

普通ならどこのお宅でとか、自分の会社名とかいいそうなものだがと、不審に思いながら、「どこのお宅でなさるんですか」と聞いてみると、「この辺一帯で、何ヵ所かします。数が多いんで三日間なんです」とますます紙をヒラヒラ。

工事がどこで行われるのかを特定できなくては、工事の非常ベルか、本当に異常事態で鳴っているベルかの区別がつかないではないか。それに、考えてみれば、こんなことをご近所に言い回られること自体、我が家のように非常ベルをつけている家にとっては迷惑以外の何物でもない。もし、明日、我が家で変事が勃発し、我が家の非常ベルが鳴った時に、無視されることになっては危険じゃないか。というより、実は本当の目的はそこにあり、この人物は犯罪を計画していて、非常ベルが鳴った時に近隣から通報させないために布石を打っているのではあるまいか。私は想像をどんどん膨らませて、男性を改めて観察した。脱色したらしい茶がかった髪を光らせた痩せ型中背の二十代と見える人物だ。はたして彼は、はた迷惑な作業員か、それとも狡猾な犯罪者か。

彼は私の気持ちなどお構いなしに、「では、ご案内、入れときます」といいながら、忙しそうに立ち去ってゆく。私はその背中に『非常ベルが鳴ってたら、ゼッタイ一一〇番しちゃうから』と、心の中で呟きながら雨戸を閉めた。

すると、興味津々で聞き耳を立てていたらしい息子たちが、待ちかねたように口を開き始めた。

「ベルの話は嘘かも知れないよ。雨戸が閉まってたから留守かどうか確認したんじゃない」と、長男は空巣下見説。

「ほんとに知らせにきたんなら、上の玄関にもくるはずだから待ってみようよ」と補強証拠を求める次男。我が家の一階と二階の玄関は離れて道に面しているため、売り込み・勧誘の類《たぐい》はたいてい、同じ家とは気づかず二度訪れる。だから彼の意見も一理ある。

「何か非常ベルが鳴るようなこと、するつもりなんじゃないの」とは三男の犯罪予備説。これは私が思いついたことと同じだ。

しばらく待っても二階の玄関に人の訪れる気配はない。

落ち着かない気持ちは募る一方なので、メイルボックスにあるはずの「ご案内」を取ってくることにした。下の玄関付近に男の姿がないことを確認してから、ドアを開けて外に出る。こちらのメイルボックスは使っていないが、そうとは知らないポスティングの人たちによって投入されたチラシがたまっている。色とりどりのチラシを、一枚残らず掻き出して家に持って入った。

テーブルに並べて、それらしきものを探すと、十センチ四方ぐらいの茶色い紙を発見した。

A4ぐらいの大きな紙を数枚、ヒラヒラさせていた割には、「ご案内」は小さい。『役所等行政機関とは一切関係ありません』と、中央に白抜きで書かれている。この文が、「ご案内」の中で一番大きな活字だその他に、苦情を受けつけるフリーダイアルの番号と、社名と本社ビルの所在地。そして『何卒ご協力宜しくお願い致します』とある。もちろん協力などしない。

ちょっと迷ったが、町田署に電話をかけてみることにした。

最初に出た署員に事情を話すと、電話をどこかの部署に回してくれた。そこは苦情一般を受けつけているらしい。応対は警察にしては丁寧だ。

もう一度始めから事情を話し、警察としてはどう考え、どのような対応が可能かを尋ねた。すると「警察としては現在の段階で、業者を調べたり、また、こうしたことを言い回らないように指導することはできない」とした上で、「三日間、派出所からのパトロールにそちらの地域を必ず回るようにさせます」との提案があった。どの程度のパトロールかは分からないが、少しは心強いと考えて了承し、電話を置いた。

それから三日間、私は何か起こるのではないかと気を張って過ごした。その間も、「三日過ぎても安心しちゃだめだよ」「他の家の心配させといて、うちにくるかも知れないね。それだったら手が込んでるよね」などと、息子たちは口々に私に助言してくれたが、表面上は何事もなく、あっけなく時間は流れてしまった。

ほんとうにどこかで非常ベルの工事はあったのだろうか。

それとも、秘密裡に大きな犯罪が遂行されたのだろうか。
うーん、ミステリーが書けそう。

怪しい電話

夏休みも終わりに近づいたある日、突然携帯が鳴り出した。開くと見覚えのない番号だ。私の携帯は子どもたちとの連絡専用で、三人の息子以外からかってくることはない。怪しんで出ようかどうか迷っていると、

「何で出ないの」

とそばにいた高二の三男が聞いてきた。

「知らない番号だからどうしようかと思って」

表示画面を見ながらそう答えている時に電話は切れた。

「知らない電話でも出たほうがいいよ。お兄ちゃまたちに何かあって友達が知らせてくれようとしているのかも知れないでしょ」

「えっ、そんな心配になるようなこと、いわないでよ」

「だからとにかく出たほうがいいの」

そういいながら三男は部活に出かけていった。

着信履歴の残った携帯を眺めながら、かけてみようかどうしようかと迷った。

しかし考えてみれば、もし三男がいうように上の息子たちに何かあって、友人が息子の携帯から番号を調べてかけてくれるのなら、自宅にもかけてくるのではないだろうか。それに自宅と私の携帯、どちらにかけるにしても、緊急事態であれば、息子の携帯を使うのが普通ではないだろうか。

少し待ってみたが我が家の電話は鳴る気配はない。やはりあれは間違い電話の類だろう。私はその着信履歴を削除した。

一昨日《おととい》の朝、新学期が始まった子どもたちを送り出してほっとしている時に、また見知らぬ番号から電話があった。先日の番号と似ているような気がする。

今度は覚悟を決めて出ないでいると、自動的に留守電に切り替わり「メッセージをどうぞ」と音声が流れた。

これで電話は切られるだろうという予想は裏切られて、突然くぐもった聞き取りにくい男性の声が流れてきた。酔って呂律が回らないような発音で何事かいうと電話は切れた。

これではっきりした。間違いなく間違い電話だ。でも何をいっているのだろう。

好奇心に駆られた私はメッセージを再生しようとしたが、使い慣れない者の悲しさ、やり方がわからない。

あとで息子たちに聞くことにしよう。私はあきらめて携帯を閉じ、いつのまにか忘れてしまった。

そして昨日の昼近く、私は携帯の小さなランプが点滅しているのに気づいた。開けてみると「伝言あり」の表示が二つに増えていた。

着信履歴は昨日と同じ番号だ。同じ人がまた朝のうちに電話をかけてきて、メッセージを残したのだ。

再生法は息子たちに聞き忘れたが、ここは今、何としてもこのメッセージを聞きたい。好奇心に突き動かされ、私はいろいろボタンを押して録音再生を試みた。

やっと探し当てて、まず新しいほうを聞く。

「……しみずでぇす……れんらくない……まずいよっ……でんわくださあい」

と聞き取れた。ずいぶんにぎやかなところからしく、話し声が後ろにたくさん聞こえる。男の声は粘りつくような発音で聞き取りにくい。伸ばした母音は浪曲師のようだ。一応「くださあい」とはいいながらも、妙に押しの強いふてぶてしさを感じさせた。二十歳より若いということはなさそうだ。

マージャンをしながら、くわえタバコで電話をかけるとこうなるかもしれない。私は想像を膨らませた。

次に古いほうを再生してみたが、聞き取れる単語は先ほどと似たり寄ったりだった。同じ場所からなのか、やはりバックは騒がしい。

二つのメッセージをあと二回ほど注意深く聞きなおしたが新しい発見はなかった。

分かったことは発信者が「しみず」という名前らしいこと、朝の七時半と九時に騒がしい場所から電話をかけてきていること、そして彼がこの番号の持ち主だと思い込んでいる相手からの連絡をほしがっていることだ。

一度だけならかけ間違いということもあろうが、二度となると、この「しみず」なる人の携帯に、私の携帯の番号が入っていると考えたほうがよさそうだ。

私はこの携帯を五ヵ月前から使っている。その前にこの番号を使っていた人が「しみず」と知り合いなのだろうか。しかし少なくとも五ヵ月連絡を取り合わなかった間柄なら「元気？」とか「久しぶり」ぐらいいってもよさそうだし、用件も付け加えそうなものだ。

一番ありふれた解釈としては「しみず」が番号を間違え、それに気づかずリダイアルしているということだろうが、相手がわざと間違った番号を教えたということも同じく可能性が高い。

「しみず」がかけているつもりの相手は男か女か、二人はどんな関係か、いろいろと想像力を刺激されて興味が尽きない。

しかし楽しんでばかりもいられない。「しみず」の間違いをこのままにしておいていいものか。

一番簡単な方法は、この着信履歴の番号にかけて間違いを指摘することだ。

しかしどうもこれは気が進まない。この「しみず」なる人のつぶれた声と押しつけがましい口調には連絡をためらわせる響きがある。だから係わることなくどうにかしたい。

こう考えた時、息子が、親からの着信を拒否している友人の話をしていたことがあったのを思い出した。

　その時、

「あなたがそんな不埒なことしたら携帯は解約だからね」

と脅しながらも、そんなこともできるのかと、技術の進歩については感心したものだ。

「チャッキョ」と呼ぶらしいその操作を息子が帰ってきたら早速頼もう。

そう決めると気が楽になった。いや、待てよ。その時、すっと変な想像が頭に浮かんだ。

私が着信拒否をすると「しみず」と相手の関係はどうなるのだろう。

「しみず」が実はとても短気な性格で、

「オレの電話をチャッキョしやがって」

と怒って、電話をかけているつもりの相手に、暴力行為に及ぶ危険性はないだろうか。

内容は聞き取りにくいが、横柄な口調だから、きっとその相手のほうが下手に出なければならないような関係なのだろう。

一日一回の電話なので、二人の関係にはそれほど切迫したものは感じられないが、着信拒否は「しみず」を変えるかもしれない。

「しみず」が相手にかかっていると思い込んでいる電話を、私がその相手に成り代わって着信拒否をしてよいものか……。

　ここまで考えた時、私の胸に別の疑問が沸いた。

果たしてこれは本当に間違い電話だろうか。

間違い電話と見せかけて話を弾ませ、親しくなってから物を売るといったような筋立てのドラマを以前テレビで見たような気がする。

そう考えるとこの電話の後ろに流れるいろいろな声の騒がしさも納得がいく。

一日に何人もの人間にメッセージを入れ、親切な人が間違いを教えるために電話をかけてくるのを待ち構えている集団かもしれない。

やはり無視して放っておくのがよさそうだ。「しみず」が善意の人間なら、そのうち間違いに気づくチャンスはあるだろう。悪意の人間なら、この番号の持ち主は不親切だと知ればよい。

そして今朝、九時過ぎにまた携帯が鳴った。

「しみず」の番号なので出ずにいると留守電になり、耳を近づけると、今では聞きなれた声が流れてきた。

「しみずでえす。れんらくくださあい」

とうとう我が家にも

ＰＴＡ行事からの帰途、新百合ヶ丘駅で携帯が鳴っているのに気がついた。

急行を待避する間にプラットホームに下りて開いてみる。

三男坊からの着信だ。何度もかけてきた表示もある。

私が出るなり、

「あっ、おかあちゃま。あのね、おばあちゃま（注・義母）のところにおもちゃん（次男）が事故を起こしたって電話があったんだって。でもオレオレ詐欺みたいなんだ。それでおばあちゃま、烏山にも連絡したみたいで、ママ（注・私の母）が交番に聞きに行ったみたいだよ。おばあちゃまからもママからも何回も電話があって、もうたいへんだよ」

と興奮した声が耳に飛び込んできた。

「えっ、オレオレ詐欺！」

素っ頓狂な大声で聞き返す私に、周囲の視線が集中する。

慌てて声のトーンを落として、「どういうこと？」と尋ねた。

三男坊によると、主人の母の家に次男を名乗る男から電話があり、車の事故を起こしたといったという。その後警察を名乗る男が出たので、主人の母が、どこの警察かと詳しく聞こうとすると電話は切られたというのだ。

主人の母が怪しんだのも当然で、次男は車を持っていない。まだ次男には連絡を取っていないというので、塾に向かっている途中だという三男との電話を切って、次男に確認することにした。

呼び出しの音の鳴る間、「ありえない」という思いの中にほんの、ほんの一筋、影のような不安が過《よぎ》ってゆく。

「いま、電車の中なんだ。何?・」

事故を起こしたのなら、「何?・」はないだろう。緊張が完全に緩む。

手短に事の次第を話すと「何だ、それ?・」と驚いている。ちょうど新宿を出たところだというので、詳しい話は家へ帰ってからということにして、電話を切った。

買い物もせずに家に直行すると、堀炬燵の上に「おばあちゃまのところにオレオレ詐欺があって、びっくり!」と三男の書置きがある。

さっそく主人の母に電話をかけて、次男が事故など起こしていないことを報告した後、詳しく話を聞いた。

義母が興奮して語るところによると、電話に出たところ、男が自分から次男の名を名乗り、「渋谷で人を轢き殺した」といい出した。義母は驚いたが、次男が車を持っていないことを知っていたので初めから不審に思ったそうだ。「お母さまは?・」と尋ねると、男が「連絡がつかない」といったので、「何で私に電話してきたの。烏山にはかけたの?・」と聞くと「大好きだから」という答えが返ってきたのだという。その後、渋谷の警察官を名乗る男が電話口に出たので、義母が「これから行きます。渋谷のどこにある警察ですか」と何度も尋ねたところ、いきなり電話は切られたとのことだった。

義母はこのままでいいものかと迷って、私の実家に連絡した。私の母は驚いて交番に行き、事情を話し、どうしたらよいか尋ねたが、お巡りさんから放っておきなさいといわれたとかで、心配ないようだと、折り返し、義母に連絡してきたのだという。

うまく撃退できたので、してやったりと義母は得意極まりない様子だ。しかし油断は禁物、これからも、くれぐれも取り合わないようにと念を押して電話を切った。

次に息子たちがママと呼ぶ、私の母に電話をかけた。こちらも昂ぶった口調で義母の話しを聞いて交番まで問い合わせに行った顚末を語る。その母にも今後も気をつけるようにといって電話を置いた。

今日のような怪電話は初めてだが、次男が生まれた時の住民登録が主人の実家だったことが原因なのか、主人の実家には次男を名指しした電話がかってくることが多い。アポイント商法なのだが、かかり始めた頃には、義母はこれらの電話が売り込みの電話なのだといくら説明しても理解しようとせず、「お友達から電話があった。話を聞いたら連絡が取れないって困っていた。いったい何をやってるの。ちゃんと学校に行ってないの？」と心配しては、頻繁に我が家へ電話をかけてきた。

もっとも、この種の電話は我が家にも三人の息子たちを名指しして度々かかってくるので知っていることだが、躊躇や逡巡のまったく感じられない明るい口調で、「友人です」と、いけしゃあしゃあと口にする恥知らずぶりなので、そんな嘘をついて他人の家に電話をかけてくる人間がいるなどとは考えもつかない義母が、たやすく騙されてしまうのは仕方のない状況ではある。憎み、かつ、憂うべきはこうした「嘘つき」が仕事内容になっている勤務先がまかり通っていることと、そうした、まさに「嘘つきは泥棒の始まり」を地でいく職種に就く人間がいるという現実だろう。

私は義母が次男の友人から電話があったと口にするたびに、友人ならば携帯で連絡がつくこと、次男の名簿には義母宅の電話番号は載っていないので友人がかけてくるはずがないこと、次男が義母宅の電話番号を自宅として人に教えるはずがないことを話し、こういった電話には取り合わずに切るよう勧めてきた。また、我が家が実践しているように、電話機をナンバーが表示されるものに代え、非通知電話はかかってこないようにする方法も教えた。

結局、義母の電話機は聴力の衰えた人用の機種なのでナンバーディスプレイに代えることはできなかったが、義母はだんだんニセ友人からの電話に慣れたようで、ここ一年ほどは本気で取り合うこともなくなってきたようだった。

今回、事なきを得たのは、何といっても義母が、次男が車を持っていないという事実を知っていたことが一番の要因だ。加えて、日頃から電話を疑ってかかる習慣ができていたことも下地《したじ》にあると思う。

ほっと一息ついているところへ次男が帰宅してきた。

義母に電話をかけて安心させてあげるようにいうと、「何ていうんだよ。心配かけましたじゃ、変じゃない。やだなあ」と不承不承ながら電話に向かった。

自分の名前を聞いたらすぐに電話を切ってくれとしつこく頼んでいる。受話器を置くなり「『ほんとに、よかったわねえ』って何なんだ。まるで事故って釈放されたみたいじゃないか。でも、おばあちゃま、活性化してたよねえ。楽しそうだった」とあきれたように笑っている。

そうこうするうちに、何も知らない主人が帰宅してきた。

親を見ること子に如かず。次男と私から話を聞いた主人には、義母や母の様子が容易に想像できたようだ。

「よかったなあ。これで二人とも当分話の種に事欠かないよな。話題の事件が自分にも起こったから楽しくって仕方がないんだよ」

と、自分まで嬉しそうだ。

憎むべき犯罪は未遂に終わり、八十を過ぎた義母と母が大いに活気づいている。

この一年

「それって、面白いよ」

家族の会話を書きとめていた私への長男の一言がきっかけとなって、一年前（二〇〇三年）、読売文化センターのエッセイ講座に申し込んだ。

全く未知の分野だったが、「書くことを通して、生活の一こま一こまをもっといとおしんで見つめながら過ごすことができれば、より豊かで、味わい深い人生を送ることができるだろう。作品を客観的に読み返す作業が、視野を広げてくれることにも期待しよう」と、最初の作品に抱負を述べた。

それ以来、日常を書くことが私の生活の一部となっている。

半年後には、月一回の講座から、脚本家・三宅直子先生の『投稿と文章実作』講座に変更し、加えて、小説家・若桜木虔先生の『プロを目指すミステリー・時代小説』講座も受講し始めた。

「人生が変わった」というと大げさな言い方だが、初めに期待していた以上に、私自身の生活が豊かになり、世界が広がり始めたのを感じている。

エッセイ入門

三宅先生の授業は、冒頭にまず、先生が用意してくださった参考資料をもとに、要点を解説してくださることから始まる。それらは実作上のヒントが書かれたものであったり、小説の一部であったりだが、ミステリーしか読まない私にとっては、そのほとんどが初めて目にするもので、視野を広げる格好の題材となることが多い。

次に、前もって与えられていたテーマに沿って受講生がそれぞれに書いてきた作品を、本人の朗読後、合評する。ベテランの受講生が多く、書き手としても、読み手としてもレベルが高いので、新参者の私には得るところが多い。作品の情景や込めた思いがまっすぐ伝わらないことで、書き足りない部分や、誤解を招く表現に気づかされたり、逆に、説明過剰の部分を反省することもある。また、他の受講生の作品によって、自分が全く知らなかった世界へ誘われたり、考え方や感じ方の多様性を再認識させられたりと、日常生活では決っして味わえない、充実した時間だ。

三宅先生は受講生全員に、『文字になったものがすべて』と常に仰り、状況や情景が『目に浮かぶ文章』であることを大切になさっていらっしゃる。作者は作品について、つい、その場で補足説明をしがちだが、こうしたことを先生は厳に戒める。書き手が伝えたい状況や思考、感情は、文章によって、余すところなく正確に表現されていなければならないからだ。

こうして二時間の授業時間が、まさに、あっという間に過ぎると、最後に、次回のテーマが与えられる。『風景』のように比較的目処の立てやすいものから、『得たものと失ったもの』のように切り口を見つけるのに苦労するものまで、バラエティ豊かだ。

新しい目標ができて、何を書こうかと悩んだり、あれが書きたいと気が逸《はや》ったりしながら、教室を後にする。言葉の糸を織り上げていく、心躍る二週間がまた始まるのだ。

こうして月に二回、作品を書く機会を得てから、現在のことに限らず、過去も含めた自分の周りの出来事やものごと、景色や会話も、深く心に留めてみるようになってきた。

その中で、何か「これは!!」と心のアンテナに触れたことがらを受け止め、その折の自分の気持ちの動きを詳細に見つめながら、忘れないうちにノートに書きとめるようにしている。

こうした、いわばエッセイの萌芽が、まとまった作品に発展する時もあれば、しない時もある。それはあまり気にせずに、まず、この萌芽の生まれる瞬間を大切にしたいと思う。その瞬間はただ単に、書く題材ではなく、『この瞬間を記憶に留めたい』と感じる、人生の貴重な一こまだからだ。

そして、この貴重な瞬間は、やはりどうしても、三人の息子たちと共に過ごす時間の中で、訪れてくることが多い。胸の熱くなる出来事や怒りがこみ上げる生意気な言動などのドラマティックな場面だけでなく、日常の何気ない会話や行動にも、「これは!!」と打たれたような衝撃を受けたり、息子たちの意表を突く表現に、「その言葉、いただき!!」と指を鳴らす瞬間は潜んでいる。

「エッセイを書こう」と思い立たなければ、やがては記憶の中で古い写真のように色褪せたり、指の間から水が漏れるように記憶からこぼれ落ちてしまったりするであろう、こうした瞬間が、「書くこと」を意識することによって、より印象深く、より興味深く受け止められるようになってきた。

一年前には、過ぎてゆく時間が、これほど味わい深いものだとは考えたこともなかった。今、一生付き合いたい趣味を見つけて、一日一日が充実している。

足跡を辿って

伯父の足跡を辿ることになったのは、ちょっとしたきっかけからだった。

長年のミステリー好きが高じて自分でも書いてみたくなり、身の程知らずにもカルチャースクールの「プロを目指すミステリー・時代小説」講座に申し込んだ。四カ月ほど前のことだ。講師は小説家の若桜木虔先生。日本推理作家協会会員で、シミュレーション・ノベルの人気作家として数々のベストセラーを執筆していらっしゃる方だ。

最初の授業で、受講者の作品を講評し終わった先生から、「東野さんは何か書いてみたいものはありますか」と聞かれた。

医療過誤訴訟が殺人事件に発展する話、大学誘致に絡んで殺人が起きる話など、思いつくままにいくつか挙げてみたが、先生はこれらを「書き尽くされた題材だ」と仰った。

手詰まり状態で仕方なく、「ミステリーではないのですが」と前置きして、伯父の一生をモデルにした小説の構想を話した。

母の五歳年上の兄である伯父は、太平洋戦争で戦死している。その人生の断片は、私が幼いころより、母や祖母から折にふれて聞かされてきた。涙なしに語られることのなかった伯父の姿は、私の心の中に、どんな偉人伝よりも鮮烈な印象を残している。

いつかはこの伯父をモデルにして何か書きたいと、以前から思っていたのは事実だ。

私は問われるままに、伯父とその家族について説明した。

伯父の父、つまり私の祖父は労働争議を収拾するのに手腕を発揮した官吏であった。しかし、労働問題、教育問題に携わるうちに、労働者運動や水平社運動に共感を覚え、職を擲《なげう》って、自らこれらの運動に身を投じてしまった。

時代は昭和初期、「社会は連帯である」という祖父の主張は、危険思想である。たちまち特高に付け狙われ、豊かだった一家の生活は暗転する。

広大な屋敷を手放し、一家は小さな家へ、小さな家へと転居を重ねる。

鳥取藩の家老を祖父に持つ誇り高い祖母は、本気で離婚を考えたこともあったようだ。

伯父はちょうど東京の市立一中（現・九段高校、注・本文執筆時点・現在は千代田区立九段中等教育学校）に入学したところで、やがて定期代にも事欠くようになる。ついには授業料滞納で卒業証明書がもらえず、大学に進学できない。

このような状況の中でも、母と祖母の記憶の中に住む伯父の姿は常に前向きで明るい。親族の旧姓を借りて就職し、夜は一中の生徒の家庭教師をして、滞納していた授業料を納めた。自分の分だけでなく、二人の妹、つまり私の母と伯母の学資も工面した。二人は授業料滞納で高等女学校を放校になっていたが、伯父のお陰で別の高等女学校に途中入学する。

学資の目処が立った伯父は、一年遅れて、早稲田大学に入学した。

奨学金と家庭教師のアルバイトが収入源というつましい生活の中でも、伯父は油絵を描き、読書をし、詩歌を詠み、歌を歌い、ハーモニカを吹いた。

法学部二年の時に太平洋戦争が勃発する。

翌年九月、繰り上げ卒業で入隊した伯父は、甲種幹部候補生となり、見習士官から陸軍少尉となって出陣し、昭和十九年十月、フィリピンのバシー海峡に沈んだ。二十六歳の誕生日を迎えたばかりだった。

国に殉ずることを「何も犠牲といわれるものではなくて、ある人間の、ある時代における生き方だ」といった伯父。

自分の隊を率いて出陣する時、兵隊たちに万葉集の防人の歌を講義して、「故郷を偲び、妻を思う心は決して女々しい心ではない」と説いた伯父。

書き残した日記は三十五年前に出版されたが、今は絶版になり、出版社もなくなった。

この日記をもとにした小説を書いてみたいという私の希望に、先生は「小説ではなく、ノンフィクションがいいでしょう」と仰った。どんな小説でも事実の重みには勝てないという。手はじめに入隊から戦死までの二年間を書くことを勧められた。

先生の「それが書けたら、そのあと少年編を書けばいいでしょう。初心者は長い年代を書こうとすると息切れします」との助言に従い、召集令状がきた日から書き始めることにした。

こうして伯父の足跡を辿る旅が始まった。

当時の資料を集め、時代背景をなるべく丁寧に書き込んで、日記の間を埋めながら書き進めていくことにした。

資料が残されているものかどうか不安だったが、私のもとには、次々と求める資料が集まってきた。

伯父はいくつかの部隊に所属し、柏、岩沼、水戸、郡山、大刀洗と移転したが、それらの資料は、それぞれの地域の図書館が、郷土史を調べて郵送してくれた。

専門は自動車の操縦だったことから、自動車会社に、軍用自動車について問い合わせると、軍用自動車の歴史や種類についての資料がファックスで二十三枚も送られてきた。

日帰りができるところには、地域の図書館から送られてきた資料以外にも何か収穫がないかと、自分の目でも確かめたくて、調べに行った。

伯父が最初に入隊した千葉県柏の部隊の資料は、市立図書館の埃の積もった段ボール箱の中に収められていた。私のために倉庫から出されたそれらの記録は、郷土史家が手書きで書き残したものだ。その中に部隊の概要を見つけた。

甲種幹部候補生として学んだ水戸陸軍飛行学校の資料は、ひたちなか市立図書館の郷土史コーナーにあった。

『勝田市史』（ひだちなか市に再編されている）の中には、以前に送られてきた資料以外に何も発見できず、郷土の資料集のようなものからほんの数枚コピーをとって帰ろうと思った時だ。未練がましく別の棚まで覗き込んだ私の目に、鮮やかな紫色が飛び込んできた。金色で『天と海』と書いてある。何気なく抜き出してみると常陸教導飛行師団の記録だった。これは水戸陸軍飛行学校が移転した後、同じ敷地に作られた特攻隊の養成学校である。

「こんな記録が水戸陸軍飛行学校にもあればなあ」と思いながら開いてみた。

特攻隊員の遺稿集、写真集だ。悲壮な決意が胸に迫る。家族の手記もあり、読み始めると止まらない。

残り少なくなったページを繰って、思わず「これだ」と声を上げた。

そこには太字で『水戸陸軍飛行場の歴史』と書かれ『水戸陸軍飛行学校』の文字があった。学校の沿革とともに出身者の手記が寄せられている。一番欲しかった資料だ。単に偶然と割り切ることのできない思いがした。

こうして引き寄せられるように集まってきた資料をもとに、少しずつ伯父の足跡を記し始めた。

不思議なことに、書くことに行き詰ると、必ずどこからか救いの手が差し伸べられる。以前に伯父の調査を依頼した東京都や各市、日本殉職船員顕彰会の職員の方が、「あれからこれが見つかりました」と参考になる資料を送ってくださったり、その所在を知らせてくださったりする。

暗い道をまったくの手探りで歩き始めた私の行く手に、少しずつ明かりが灯り始めた。「私の孫、或は曾孫が、我々が苦しんだことに対して、敬意を表してくれる時代がきっと来る」と記した伯父は、独身のまま逝った。

せめて伯父の記録を残し、私の孫、曾孫に伝えたい。

【作者注　伯父・長門良知の記録は、二〇〇六年『戦下の月』（元就出版社）として出版】

『戦下の月』に寄せて

西部第一〇六部隊を求めて

伯父の日記をもとに書き始めたドキュメンタリーもいよいよ大詰めに近づいてきた。

昭和十七年十月の入隊から、十九年十月の輸送船の被雷沈没による戦死までの二年間を書くのだが、もうすでに原稿は十九年五月まで進み、余すところ五カ月足らずとなってきたのだ。

十九年五月、見習士官として福島県郡山の第十二航空教育隊にいた伯父は、南方へ出陣する部隊への転属を命じられ、単身、福岡県太刀洗（注・現在は駅名のみ太刀洗で地名表記は大刀洗）へと向かった。

命令書には「五月二十一日迄福岡県太刀洗村西部第百六部隊ニ到着スベシ（原文のまま）」（注・本文では百六を一〇六と表記）と書かれていたと伯父は記している。

しかし、東京都から取り寄せた伯父の軍歴証明書にはこの部隊の名はなく、「第一二七飛行場大隊に転属」とされている。

これまで、伯父が在籍していた二つの部隊と飛行学校は確認することができた。また第一二七飛行場大隊も、所在地不明ながら存在は確認できる。しかし西部第一〇六部隊はどこにも存在の証拠を見出すことができなかった。

五月末に太刀洗へ赴いてから十月に出陣するまでの約四カ月間、伯父は太刀洗のどこにいたのだろう。

六月二十四日

調査したい項目がかなり溜まってきたので、恵比寿の防衛研究所図書館へと出かけた。ここは戦争資料では日本一といわれている。

一番の目的は、西部第一〇六部隊と第一二七飛行場大隊の調査である。来意は三日前に電話で告げてあった。

図書館というより読書室といった規模の静まった部屋には、何を調査中なのか、難しい顔をした男性たちが七、八人、古びた書物に没頭している。

カウンターの中の職員に、「カワイさん」という先日の電話の相手を訪ねると、一番年長に見える男性がその方だった。まず、飛行場大隊の参考資料として、『第一二二飛行場大隊の思い出』という緑の布を張った本を薦めてくださる。手渡されたその本には飛行場大隊の変遷、編成が詳しく書かれていた。

初めてこの隊の実態を目の当たりにして、靄《もや》が晴れていくような気がする。自動車小隊の小隊長という伯父の立場がどういったものかが分かり、日記の不明だった部分が明らかになってきた。

喜び勇んでコピーを申し込むと、「三週間かかります」とのこと。仕方がないので要約して書き写すことにし、著者・大友一郎氏の住所も控えさせていただいた。

次に、西部第一〇六部隊のことだが、これは防衛研究所のコンピューターをもってしても不明のままだった。

戦時中の部隊は一つの隊に複数の名称がある。たとえば伯父が最初に入隊した東部第一〇二部隊は、第四航空教育隊であり、紺五七二部隊でもある。このことから私は一つの仮説を持っていた。第一二七飛行場大隊の通称が西部第一〇六部隊なのではないか。

この仮説をぶつけてみたが、そのような記録はないという。名称はすべてが記録されているわけではないので、「何か新しい事項が判明したら調査の手がかりになるかもしれません」とのことだった。これ以上は無理のようだ。

ひとまず西部第一〇六部隊は保留にし、他の調べものを済ませて、帰路に着いた。

六月二十五日

『第一二二飛行場大隊の思い出』の著者・大友一郎氏に電話をかける。張りのある声が返ってきた。

事情を話すととても喜んでくださって、ご自分の隊は急な出発だったので編成式が戦地へ向かう輸送船の上で行われたことや、輸送船の中の様子などを話してくださり、資料があるので送ってくださると仰る。

まず、伯父の略歴等をお送りさせていただくことにして電話を置いた。

七月五日

大友氏より飛行場大隊の資料が届いた。

各飛行場大隊の記録（編成地・編成年月日・指揮官）と戦友会代表者の名簿に、大友氏が戦友会の会報に寄せられた記事のコピーが同封されていた。

記録で伯父の部隊の編成地を調べると、ただ太刀洗とだけ記入されていたが、目を通してゆくと、第一二一飛行場大隊の編成地が西部第一〇六部隊となっているのを発見した。西部第一〇六部隊で編成された部隊がある。一〇六部隊はやはり実在したのだ。伯父の日記以外で初めて目にする『西部第一〇六部隊』の活字にしばし見入る。

しかしそうすると第一二七飛行場大隊が西部第一〇六部隊なのではないかという私の仮説は打ち砕かれる。西部第一〇六部隊は太刀洗周辺に展開していた部隊で、飛行場大隊の編成を行なっていたことになる。

一覧表を見てゆくと、大友氏の第一二二飛行場大隊は第四二飛行場大隊が編成地となっていた。他にもこういった例がある。ここで新しい仮説が生まれた。西部第一〇六部隊は太刀洗飛行場に駐留していた飛行場大隊で、伯父の隊はそこで編成されたのではないだろうか。別の視界が開けた。

そう思いつくと、いてもたってもいられなくなり、以前に取り寄せた記念誌『証言・太刀洗飛行場』を発行した三輪町役場に電話をかけた。（注・三輪町は太刀洗の隣町で、太刀洗と呼ばれる東洋最大であった陸軍施設は、正確には太刀洗、三輪、馬田の三村にまたがって設置されていた）記念誌には協力者の名が記されている。町役場に事情を話して、飛行部隊関係に詳しい方の連絡先を尋ねた。調べて教えてくださるというので、いったん電話を切ろうとした時、役場の方が思いついたように「平和記念館にはいらっしゃいましたか」と聞いてきた。「いえ、こちらは東京なので」と応えると、平和記念館には軍の施設の関係者の名簿があるかもしれないと教えられた。

早速電話で平和記念館に問い合わせると、式典などによく出席なさっているという方を紹介された。

連絡すると飛行場大隊を編成したのは自分の隊（西部第一〇〇部隊）ではないかと仰る。百部隊は太刀洗に置かれていた第五航空教育隊のことで、伯父の日記にもたびたび登場する。この部隊の記録は比較的多く残されていた。

そしてこの方から、一〇〇部隊の元中尉、小林正四氏を紹介された。

小林氏に電話をかけると、快く応じてくださり、当時の太刀洗の様子や一〇〇部隊で多くの飛行場大隊が編成されたことを話してくださった。そして、そうした隊の一つ一つについて、どこに設置されていたかなどの詳細や西部第一〇六部隊という名称はご記憶にないが、第一〇四部隊という飛行部隊があったことは覚えていると仰る。

私は、第一〇四部隊が飛行部隊であることを聞いて、ますます一〇六部隊がその周辺にいたものと確信した。飛行場大隊は、飛行機の整備や修理、銃器の装着が主な任務である。飛行部隊があるならば、そこに飛行場大隊がなければならない。

小林氏の「伯父さまが太刀洗にいらしたのなら、将校集会所でお会いしたことがあるかもしれない。写真でもあれば」とのお言葉に甘えて伯父の写真を送らせていただくことにした。

添田氏からの手紙

「なんか大きなものがきてるよ」

門を出ようとした三男が郵便受けを覗いてこう言った時、私には予感があった。果たして差出人は添田裕吉氏。伯父の部隊の生還者だ。

三週間前、人伝《ひとづて》にこの方のことを聞き、部隊の大刀洗時代の詳細を手紙で問い合わせた。日が経つにつれ、諦め始めた返信をこうしていただくことができた。

「東野明美行」と表書きして問い合わせの書状に同封した大判の封筒は、「行」が「様」に直され、厚みが十センチ位になって、はち切れそうに膨らんでいる。切手は何枚も貼り足してあった。封を開けるのももどかしい。

分厚いコピーの束の中に便箋を見つけた。

手紙には、添田氏は、一二七飛行場大隊（注・部隊の約半数〈含・伯父〉はバシー海峡で海没戦死したが、約半数は救助され、フィリピンに渡った）とはフィリピンで合流なさったので、部隊の大刀洗時代はご存じないことと、大刀洗から出征し生還した三名の方と親交がおありだったので、その方たちが記された手記を所蔵していらっしゃり、それらのコピーを同封してくださったことが書かれていた。もうその内お二人は他界なさり、お一人は所在不明だそうだ。

さっそくコピーを広げると、手記の主は山崎（元一等兵）氏、加藤（元曹長）氏、本田（元少尉）氏となっている。加藤曹長も、本田少尉も伯父の日記の中に記されている方だ。生還していらしたのだと感慨を覚える。

本田氏の手書きの記録の中に伯父の名を見つけた。伯父だけではない。伯父とともに門司で輸送船の出発を待つ間、周防灘で共に泳ぎ、漁師から買った蟹をゆでて頬張り、「もう思い残すことはないぞう」と海に叫んだ七人の少尉たちも、それぞれの所属が書きとめられていた。

彼らの青春が畳み込まれているページを前にして、私はしばらく身動ぎ一つできなかった。

大彰丸か大博丸か？

伯父の乗った輸送船の名は大彰丸だと思っていた。以前母が、戦死の公報をもとに日本殉職船員顕彰会に問い合わせたところ、大彰丸という調査結果と同型船の写真が送られてきていたからだ。

しかし私が伯父のドキュメンタリーを書こうという段になって、この船についての詳細な情報を求めたところ、大博丸という説もあることを知った。第一二七飛行場大隊でお兄さまが戦死なさった方が、インターネットのサイトで大博丸と記録していらっしゃるのを、顕彰会の方が見つけて知らせてくださったのだ。

輸送船名を突き止める作業はここから始まった。

さっそく大博丸と記録なさった方、永末千里氏に連絡を取ってみた。この方は元海軍特攻隊員で、戦後は自衛隊のパイロットをなさっていらしたそうだ。戦争を語り継ごうとネットにご自身のサイト『蒼空の果てに』を持っていらっしゃり、著書も多数おありとのことだ。お訊ねすると大彰丸と大博丸の二説があると教えてくださったので、生還者の方をご存じないかとお伺いすると、ほどなく添田祐吉氏の住所をメールしてくださった。

伯父の隊の生還者の方がいる。私は胸躍らせて、さっそく添田氏に一二七飛行場大隊の大刀洗時代と輸送船について、問い合わせの手紙を書き、平行して、二つの船の情報を集めた。顕彰会の方にお願いすると両船の資料を送ってくださった。

二隻は同じ設計図で作られた大阪商船の姉妹船で、兵員輸送を目的とした六八八六トンの2—A5型戦時標準船である。

二つの船の記録は『戦時輸送船団史』『戦時船舶史』（ともに駒宮真七郎著）『商船が語る太平洋戦争』（野間恒著）に見出すことができた。中でも簡潔に纏められているものは『戦時船舶史』である。

二隻とも伯父の第一二七飛行場大隊が属していた独立混成第五七旅団を乗せ、同じモマ（注・門司—マニラ）〇五船団でマニラへ向かい、十九年十月二十六日バシー海峡（注・正確にはバリンタン海峡・当時は台湾とルソン島の間をバシー海峡と呼んでいたが、実際はバシー海峡、バリンタン海峡、バブヤン海峡に分かれている）で米国潜水艦ドラム（注・ガトー級潜水艦・現在はアラバマ州モービルにて博物館船として公開）の攻撃により披雷している。

二隻の主な違いは、攻撃を受けた時間と地点、大彰丸は爆発沈没、大博丸は前部が沈没しながらも自力航行してフィリピンの港まで辿りついているという点である。

靖国神社から取り寄せた伯父の記録によると、戦死日時は十九年十月二十六日、地点はカガヤン島西方四十キロ洋上となっている。

大彰丸の攻撃を受けた地点はカラヤン島西方七十キロ（『戦時輸送船団史』では五十キロ）、大博丸はダルビル島西方五十二キロだ。両島の位置関係は、カラヤン島の南西三十キロほどにダルビル島がある。

まず伯父の記録だが、これはカラヤン島の誤記と思われる。フィリピンにはカガヤン島なる島はあるが、これは遥か南方、ネグロス島とマレーシアの間に位置する島で、バシー海峡をフィリピン・ルソン島に向かって南下していた伯父たちの船団が通る可能性はない場所だ。

カラヤン島西方四十キロであるならば二つの島の位置関係を考えた時、大彰丸でも大博丸でも、そう外れてはいない気がする。

決め手を欠いていた時、以前問い合わせの手紙を出した添田氏から分厚い封筒が届いた。中には第一二七飛行場大隊の生還者三名の手記が入っていた。添えられていたお手紙には、添田氏自身は第一二七飛行場大隊とはフィリピンで合流なさったので伯父との接点はないことと、大刀洗から出発した三人の生還者の方とは親交があったことが書かれていた。

生還者の手記のうち一番古いものは昭和二十年の元副官・本田康夫氏による手書きの記録

『雷撃記』で、次が昭和五十七年の元技術担当伍長（終戦時は軍曹）・加藤忠信氏の『一二七飛行場大隊　戦記』、残る元一等兵・山崎亘氏の『一等兵のルソン戦記』は昭和六十二年に記されていた。

船名は本田氏が泰白丸、加藤氏が大彰丸、山崎氏が大博丸と記録していらした（但し泰白丸はモマ〇五船団には存在しない）。

当初はこういった事態が不思議なことと思われたが、当時の状況を知るにつれてありうることと理解するようになった。

戦時標準船の輸送船はどれも鉄錆色と鉄鼠色に塗られ、乗船は港湾空襲を恐れて短時間で行なわれた。自分の船の船名などゆっくり確かめる時間などなかったに違いない。

三人の手記に共通していることは、魚雷を受けた時、外は暗かったこと（本田氏は〇三、五×と記録）で、本田氏と加藤氏は船が完全に沈没したと記録している。

大彰丸が被雷したのは〇四、〇二で、大博丸は〇六、〇五というのが公式な記録であり、大彰丸であればこれに時間的に符合し、また、爆発後沈没としていることからも、乗船していたのは、自力航行できた大博丸ではなく、大彰丸ということになる。

他にも大博丸説を否定する根拠として以下の二点がある。

一点目は、加藤氏が、朝六時から救助を開始する予定であった海軍の駆潜艇（注・船団の護衛艦艇）に、六時前に自力で泳ぎ着いたと記していることだ。六時前といえば大博丸はまだ被雷していない。

二点目は、大博丸の積載品には馬や犬が記録されているが、加藤氏が記録した積載品には馬や犬はないことだ。

こうして私は、伯父たち、第一二七飛行場大隊四〇三名が乗り込んだのは大彰丸との結論に至ったのである。

力を我に

二年ほど前から、昭和十九年に二十六歳で戦死した伯父の足跡を辿り始めた。永らく絶版となっている遺稿集をもとに、歴史の流れを描き加えて、次世代に伯父の姿を伝えたいと考えたからだ。

その伯父が南方（フィリピン）派遣のため、単身九州へと向かう車中で記した日記に、

「自分の中から湧き上る力が唯一の味方である」

という一節がある。

見送りの家族と別れて、もう二度と見えることはないだろうと覚悟を決めながら、誰一人として知る者のない地へ赴いた伯父。自らを鼓舞して綴ったに違いない言葉だが、この言葉が今、常に私を勇気づけている。

二十五年にも及ぶ専業主婦生活。三人の子どもを中心に展開し、例えば「五年前は何をしていたか」と思い出そうとする時も、基準になるのは子どもの学年といった生活。

物を書く、調べるといった作業は、この今までの生活から少し離れた、自分だけの世界を作り出してくれた。

その世界を少しずつ広げようとするたびに、伯父のこの言葉が胸に浮かぶ。

「自分の中から湧き上る力が唯一の味方である」

ホームカミングデー

母校早稲田のホームカミングデーに三男坊を誘ったのは、受験へのモティベーションを高めて欲しいとの企みからだった。早稲田の法学部が彼の第一志望だ。

卒業年度ごとに十年に一度招待されるホームカミングデーだが、今まで一度も参加したことはない。たまたま今年は招待状が目に付いたのでチャンスとばかり息子に声をかけてみたのだ。

二〇〇五年十月二十三日。当日は午前中にスクールツアーと校友子弟入試説明会に参加し、一時過ぎに昼食を取ろうと大隈庭園に足を運んだ。

庭園周辺は校友会館が一新され、リーガロイヤルホテルも建ち、かなり印象が変わっている。二十五年ぶりに訪れた私は全くの今浦島で、「前はあそこに大隈会館があって、庭園を見ながらお食事ができたのよ」とすっかり懐古調になりながら、人波に沿って歩を進めていった。

すると散策路の右手に花が捧げてある石碑が目に付いた。なんだろうと近づいてみると『平和祈念碑』と刻まれている。案内板に目を遣ると「戦没学生慰霊」の文字が眼に入った。

「あっ、伯父ちゃまたちの慰霊碑だ！」

立ち止まって声を上げた私の横で、

「えっ、ほんとに？」

と三男も驚きの色を隠せない。

木立の日陰に佇む高さ二メートルばかりの自然石の碑には、瑞々しい白菊の花束とリースが一つずつ手向けられ、簡易ながらも設えられた祭壇には、燃え尽きた線香が香りを残していた。

「前からあったのかしら。気がつかなかったわ」

頭を垂れて合掌する私たちの姿を眼に留めてか、背後のざわめきの中に、緩んだり止まったりの靴音がある。

この二年間、伯父の遺稿集をもとに、召集令状を受け取った日からバシー海峡で被雷し戦死するまでを辿ってきた。伯父の母校でもある早稲田からは多くの資料の提供を受けている。しかしまだまだ力及ばず、私の調査の届かない箇所がいくつもあった。

「伯父ちゃまのこと、調べ足りないところをもう少し頑張らなくちゃね」

息子に発破をかけるはずが、自分が背中を叩かれたような気持ちになって、私は彼を促して人の流れの中に再び戻った。

人々が吸い込まれるように入って行く先はカフェテリアのある建物だった。並んでいるメニューは学生向けで、以前庭園の入り口にあった学食の代わりと思われた。押すな押すなの混雑で、席の確保は難しそうだ。

「やめよう。あのホテルにしない?」

息子に異存のあるはずもなく、私たちは歩いてきた散策路を、人ごみを縫って逆流し始めた。

道の途中から、芝生の園庭に入り、向こう側に建つホテルへの道を探した。しかしテントが並び大勢の男女でごった返していて、どうにも思うようには進めない。ここはやはり大回りをして庭園入口に戻り、ホテルへ抜けるほうが確実なようだ。

散策路に戻った地点は、ちょうどあの碑の前だった。

三人のスーツ姿の男性が碑に向かって佇んでいる。年配の方たちだ。視線が吸い寄せられた。

「関係者の方かな」

「聞いてみれば?」

逡巡しながら速度を落とし、三つ並んだ背中を通り過ぎた。

「やっぱり、話しかけてみようか」

「うん、そうしてみたら」

後ろ髪を引かれるように振り返り、振り返りいる私たち親子の気配を、あちらも気づいたようだ。

意を決して踵を返し、歩み寄って声をかけた。

「失礼致します」

伯父が十七年九月の繰り上げ卒業で出征し、戦死していることを掻い摘んで説明すると、お三方は、ご自分たちは十八年十月の学徒出陣組で、毎年ホームカミングデーに慰霊祭を行なっているのだと仰った。

「あなたの伯父さまもきっと名前がありますよ」

一番背の高い方が、大学史資料センターに戦没した大学関係者の名が記録されていると教えてくださる。

「あの建物だから、行ってご覧なさい」と示された先は旧・図書館だ。今は中が資料センターになっているそうだ。

お礼を申し上げて、旧・図書館に向かった。足場をかけて外壁工事中だが、一歩中に入ると佇まいは学生時代に図書館として通った時と変わらない。ここには伯父も足繁く通ったはずだ。

資料センターで伯父のことと碑の前でお会いした方たちとの経緯を話すと、「望月です」と名乗った係の男性が、背表紙に「早稲田大学百年史」と書かれた分厚い本を持ってきてくださった。

「伯父様のお名前はここに……」と開いて見せてくださったページに確かに伯父の名がある。

「長門良知　19・10・26　バシー海峡　戦死」と記述されていた。見開きすべてに戦没者の名が並ぶ白いページには、肩に「レクイエム」との横書きがある。

打たれたように言葉を失っていると、「見つかりましたか」と先ほどの背の高い方が入っていらした。望月氏とも親しいらしく、挨拶を交わしていらっしゃる。

丁寧にお礼を申し上げて、伯父の名が見つかったことをお話しすると、背の高い方は、「末　博光」と書かれた名刺をくださり、

「いやあ、偶然お会いできましたよ。朝、慰霊祭を済ませて皆で食事し、解散してから帰りがけにもう一度参っていこうと立ち寄ったところだったんです」とあの時間、あの場所にいらした説明をしてくださった。

「ところで伯父さまは中学、どちらですか？」

「市立一中、あっ、あの、東京市立一中という、今は九段高校に」

「知ってますよ！　ぼくも市立一中ですよ。何期ですか？　何年生まれですか？」

驚きの声で私の言葉を遮って、末氏は立て続けに質問を発した。

「大正七年です。何期かはちょっと……」

「七年なら五つ上だな。僕が十三期ですからね。いや、一中でも今度同窓会があるんですよ。お名前、何と仰ったか、ああ、長門さん、名簿を見てみますよ」

「それなら」

なんという巡り合わせだろう。調べあぐねていた伯父の原隊への糸口が摑めるかもしれな

い。思わず私は身を乗り出した。

「もし、お差し支えなければ、伯父と同期の方と、そのお兄さまのご消息をお調べいただけませんでしょうか」

伯父が初年兵で入隊した隊には一中の先輩の見習士官がいらして、ある夜、伯父を呼び出してパイン缶とドーナツをご馳走してくださった。その方は一中の同期の方の兄上だと伯父は日記に記している。この方に辿り着ければ、伯父が初年兵時期を過ごし、飛行学校卒業後に見習士官として復帰した原隊、東部第一一一部隊の全容がかなり把握できるはずだった。

伯父の日記をもとにドキュメンタリーを纏めているのだと言う私に、「いいですよ」と末氏は快く引き受けてくださった。望月氏は「出来上がったらぜひ、収蔵させてください」とまで仰ってくださる。母校に記録を残せたら伯父もさぞ喜ぶだろう。

何度もお礼を申し上げてセンターを後にする。行き詰っていた調査に一つの明かりが灯された。今はただ、末氏からの連絡が待たれるところである。

それにしても、まるで意志を持った何かに手繰り寄せられたかのようだ。お互いの行動が一分でもずれていたら、私は末氏に行き会うことができなかったに違いない。

あのホームカミングデーには伯父もきていたのだろうか。

ずばり的中

我が家から駅に向かって坂道を五分ほど下っていくと、小田急線に並行して走る駅前通りに突き当たる。

突き当たり、つまり小田急線を背にして、駅前通りに面している敷地には、この夏まで二階建ての空き店舗があった。

何年も空いたままであったのが、この秋口になって、急に取り壊された。

土地の広さは五、六十坪。向かって左隣にセブンイレブン、右は幅二メートルほどの暗渠を挟んで眼科のクリニック。駅から徒歩二分という立地条件のこの土地に、新しく何かが建つらしい。

駅前通りは、このところ急速に整備が進み、両側には幅三メートルほどの石畳の歩道ができ、電柱は地下埋設。

お洒落な店でもできないかと期待していたが、運び込まれた資材を見てがっかりした。

工事現場の作業員宿舎に使うような、灰色がかった薄緑色のパネルと鉄骨、鉄筋。

ちょうど衆議院の解散が取りざたされていた頃だったので、「何だ、選挙事務所か」と私はひとり合点した。

程なく殺風景な寸胴《ずんどう》の二階建てが立ち上がった。

しかし、解散になっても事務所ができる気配はなく、木材を使って内装工事が続けられている。

しかも驚いたことに、奥に長い長方形の建物の、通りに面した部分だけに材木で下地を作り、モルタルを塗って、ベイジュとココア色の塗料が吹きつけられた。

暗渠のほうからは奥まで見通せるので、工事現場の宿舎のような本体に、前面だけお化粧してあるのがよく分かる。

正面から見ると、一階にはショーウインドウらしきものはなく、クリニックの入り口のような両開きのガラスドアのほかは、引き違いのガラス窓がひとつ。

ドアからは、フローリングの床と、受付カウンターのような木製の台が見える。その向こうは茶色い木製の間仕切りの壁で仕切られている。窓の向こうにも壁があり、そこから奥は見えない。

二階を仰ぐと、三面のガラス窓があり、そのうち一面は軀体の鉄筋の筋交いが丸見えになっている。窓の一メートルほど内側には木製の壁が続いている。

贅沢な内装と建物本体との不釣合い、きれいに作られた建物正面と横から見た時の落差。ひところ流行ったミスマッチという言葉が浮かんできてしまう光景だ。

三月《みつき》足らずで工事は終わったらしく、建物はしばらくの間、ドアを閉じてひっそりとしていた。

私は通りかかるたびに、「何だろう」と想像を膨らませた。

簡易な建物だから、当座しのぎなのだろう。改装中の仮の店舗というところか。

間仕切りがあるところを見ると、クリニックやエステサロンだろうか。マージャン荘ということもある。

「あっ、マンションのモデルルームかもしれない。きっとそうだ」

こう思いつくと、今までアンバランスに見えていたことが、パズルのようにぴったりと収まってきた。

私はクイズの正解を待つようなわくわくした気持ちで、正体が分かる日を待っていた。

日曜日の夕刻、買い物に出た私は「モデルルーム公開中」のポスターが、あの建物の窓に張られているのを見つけた。

「やっぱりね」とちょっと自慢したい気分だ。

小雨の中、足取りは軽い。

目的は

絵画展には必ずひとりで出かけるという知人がいる。

連れがいると気が散って、心ゆくまで鑑賞することができないそうだ。こういった心構えの人こそ本物の絵画ファンであろう。そこへいくと、私はまったくの邪道の極みで、どんなに話題の絵画展でもひとりで出かけたことはない。絵画そのものには、ひとりでも、何が何でも見に行きたいと突き動かされるほどの魅力は感じないからだ。

私が足を運ぶ時は必ず次男や三男を誘う。絵画展は専ら息子たちとのコミュニケーションを図る格好の場となっている。

会場に着くと次男とは別行動、三男とは付かず離れずといった距離感で見て回り、出口で合流する。

それから落ち着いた店を見つけ、カタログを広げて感想を話し合いながら食事をする。名画がオードブルになるこの時間こそが絵画鑑賞の主目的だ。

絵や造形が好きな次男は目の付け所が変わっていて、構図や絵の具の盛り方など、身の程知らずのなかなか玄人っぽい批評をする。こちらがぜんぜん気づいていないことも多く、批評そのものよりも、興味のある人間は見方が違うものだと変なところに感心してしまう。それでいながら、ほとんどの場合、一番気に入った絵がど素人の私と同じだったりするのだから面白い。

また、世にいう名画が居並ぶ中で、私が心惹かれた小品に息子たちも同じように魅力を感じていたことを知ると、嬉しくなってくる。

こんな豊かな時間を味わいたくて、息子たちを誘う。さあ、秋はどこへ出かけようか。

事故の顚末

土曜日。夜十時三十分、電話がなった。長男の番号が表示されている。彼は仕事が忙しく、週に一度帰ってくればいい方だ。電話をとると、いきなり「事故起こしちゃった。人身事故」という言葉が飛び出した。衝撃的な内容とは裏腹に口調が落ち着いていたので、そうショックを受けずにすんだ。

「相手の方はどうしたの?」

「膝に擦過傷と打撲。駐車場から出ようとして歩道のところへ頭出したら、自転車がぶつってきたんだ。今警察を呼んだとこ。でも、中国の人なんだ。日本語がよく分からないの。警察も病院もいやだっていうからたいへんだったんだ」

「えーっ」

怪我の状況はあまり心配なさそうだが、別の懸念が頭をもたげる。被害者のほうが警察や病院はいやだとはどういうことなのだろう。

「保険屋さんには電話したの? 免許証と一緒にもってなさいってカード渡してあるでしょ」

「あっ、まだだ」

「じゃあ、早く電話なさい。また状況を報せて」

連絡のつく頃を見計らって二十分後に、

「保険屋さんに連絡ついた?」

と確認の電話を入れた。

「ついた。それから相手の人が、今、もう少し日本語の分かる友達を呼んだとこ。その人がきたら一緒に病院へ行くから」

十一時三十分になったので電話をかけてみると留守電になっていた。「連絡して」と吹き込むと、程なくかかってきた。病院で治療中だという。レントゲンを取ってもらったが骨には異常がないということで一安心だ。「治療が終わったら、もう一度警察に行かなきゃならないんだ」というので「また連絡して」と電話を置いた。

ちょうどそこへ「何かない?」と二階の自分の部屋で勉強していた三男が夜食を摂りに上がってきた。

「ひろ(長男のこと)が人身事故。相手は中国の人なの。警察も病院もいやがってたんだって。何か心配。言葉が通じなくて行き違いがあったらどうしよう」

胸に沈殿している心配を口にした。昨年起きた中国人留学生による一家四人惨殺事件の記憶もまだ生々しい。

「大丈夫かなあ」

三男も心配になったと見えて、夜食をすませた後も部屋には戻らず、リビングで教科書を広げ始めた。

十二時五十分に長男から三度目の電話があり、「警察での事が終わったので、これから二人を家まで送ってから帰る」という。被害者の男性は駆けつけてきた女性と一緒に住んでいるそうだ。

一時二十分、勉強は開店休業状態となっていた三男が、「二時になったら起こしてね」と自室に引き上げたところへ、「今、送ってきた。鶴間ってところ。これから帰る」と長男から連絡が入った。

帰り道はどうにか分かりそうだとはいうが、長男は筋金入りの方向音痴でナビもない。道に迷った時には教えてやろうと、聞いたばかりの被害者のアパート周辺の地図をパソコン画面に広げたところへ、次男が帰宅してきた。

「えーっ、事故ーっ」

話を聞くなり驚いて大声を上げた次男は、私が相手は中国の人なので心配だというと、「バイト先で、すっごくいい人がいて中国の人だよ。僕がしばらくバイトにこないっていったら泣きそうになっちゃったんだ。だから中国の人だからって心配するのはおかしいよ。日本人でも変な人はいるよ」

と私の不安を拭いながら、先入観を窘《たしな》めた。全くそのとおりだ。この子は口数が少なく語彙にも乏しいが、時に『聖人の戒めにかなえり』と膝を打ちたくなるような珠玉の一言を吐く。私は自分の偏見を恥じた。続けて「それで、おとうちゃまは?」と聞くので、「あっ、そういえば……」と主人の存在を思い出した。

主人は昼過ぎに車を置くためいったん帰宅した後、市ヶ谷で開催される出身大学関係の会議と、中野で知人たちが開いてくれるという『還暦を祝う会』とに出席するため出かけていた。

先日から持ち始めた携帯へかけても応答がない。「肝心な時はいつも出ないのよね」と噂をしていると主人から電話が入った。

ご機嫌な声で「よお、どうした？」と楽しそう。二次会でバーにいるという。今日の会の幹事役の「ママ」と替わるという。この方は主人が学生時代から行きつけにしていたバーのママで、今はその店は人に貸して、中野で小料理屋さんを営んでいる。そこが今日の一次会の会場だった。「マスター」と呼ばれる彼女のご主人も面白い人なので、いろんなお客がその店で仲良くなってしまう。店の名前を冠したゴルフコンペもあるくらいだ。私もママとは親しいし、店の常連にも何人かの知り合いがいる。

彼女に今日のことを感謝して一つ二つ世間話をすると、主人がまた電話口に出た。ここで事故の話をするのはやめておこう。電話の向こうで大騒ぎになるのが見えるようだ。

「連絡がないからどうしたのかと思って」と気楽を装うと、「ああ、もう少ししたら帰るよ」と主人は至って暢気だ。人の気も知らずにいったい何時になるつもりよっと胸に言葉を溜めた分だけ言い方がつっけんどんになった。

「いいわよ。明日で」

主人は中野に行くと朝帰りになることがままある。

「心配しないで。じゃあね」

気圧されたのか曖昧な返事をしている主人にこう宣言して、早々に電話を切った。

二時になったので三男を起こすが、「もうだめ」とつぶれて起きられない。「じゃあ、明日早く起こすわよ」と声をかけながら肌掛けを直した。

二時を回っても長男は帰ってこない。被害者のアパートから二十分もあれば帰れるはずだ。携帯を呼び出すと、留守電になっている。「連絡して」と吹き込むと折り返し、「ファミマにいる。何か買ってく?」と少しくたびれたような声が返ってきた。人の心配をよそにすぐそばのコンビニに立ち寄っているらしい。

「早く帰ってらっしゃい」といって置いた受話器が間をおかず再び鳴り出した。また長男だと一人合点で、着信番号も見ずに取るなり「何?」と尋ねると、「あと十五分くらいでつくよ」と思いがけない主人の声が返ってきた。

「おとうちゃま、帰ってくるって」

「よかったじゃん」

と、次男。

そこへやっと長男が帰宅してきた。

「何かさあ、もう、酷いんだ。うーん」

被害者は語学留学生で、友人三人でアパートに暮らしていると語ったそうだ。被害者を抱えて部屋まで送っていった長男は、彼らの生活状況を目の当たりにしてショックを受けていた。三人で暮らしているという狭いアパートの玄関からは履き古した何足もの靴が溢れ、廊下にも積み重ねてあったそうだ。もっと大人数が雑居している雰囲気だったという。

リビングに入り、主人の席が空席なのを見て、

「あれっ、おとうちゃまは？」

と尋ねるので、

「十五分以内のところにいるらしい。事故のことはまだ話してないから」と応えると些か拍子抜けしたような表情を浮かべている。父親の反応が気になっていたのだ。

続けて、被害者の方の様子などを尋ねているところへ、甲高くチャイムを響かせてようやく主人が帰宅した。出迎えた私に「たっだいまっ」と弾んだ声をかけて、何も知らない彼は両手に大きく膨らんだ紙袋をひとつずつぶら下げて、足取り軽くリビングに入っていった。

こうして午前三時近くになって、ひとつ屋根の下に家族五人が揃った。

「おかえりなさい」と出迎える二人の息子に「おう、ただいま」と笑顔の主人。そこへ続いて「人身事故起こしちゃった」と神妙な長男の声。

一気に酔いも吹っ飛んだ主人が「何だーっ？」と声を上げながら席に着く。

長男が順序だてて説明を始めた。

大型店の駐車場から出ようとして歩道に車の頭を出していたところへ、自転車に乗った被害者がぶつかってきたという。路上に倒れた被害者を助け起こして声をかけたが返事がない。

記憶喪失にでもなってしまったのかと心配したそうだ。今から考えれば言葉がよく通じなかったのだが、体の各部を触って「痛くありませんか？」と聞いても戸惑ったように長男を見るだけだったので困り果ててしまったという。そして「救急車と警察を呼びますから」といった時、初めて反応があり、「警察いらない！　いらない！」と強い調子で拒まれたそうだ。そうもいかないので救急車と警察に連絡し、「病院に行きましょう」というと、「病院、いや！　いや！」と悲鳴のような返事が返ってきた。このやり取りからようやく長男は相手が外国の人だと気がついた。その後「心配はないから」と宥《なだ》めるのにたいへんだったという。

警察や病院を嫌った理由は分からないが、友人が駆けつけてきた後は落ち着きを取り戻し、穏やかで感じのよい青年に見えたそうだ。保険屋さんからは「後はすべて任せて」といわれたらしいが、これで関わりを断ってしまうのが薄情なようでもあり、長男は後ろ髪を引かれる思いでいるらしい。

朝になったら保険屋さんに電話して、交渉には中国語の通訳を必ず同席させるように頼もう。

そう思った時には長い夜も明け、窓の外に朝がきていた。

病を得て

今では身近に

「膠原病です」

二十八年前、「ご専門は？」と尋ねた私に、お見合い相手だった若き日の主人はこう応えた。

「コウゲンビョウって、高い山に登った時になる病気ですか」

「それは高山病です。膠原病は『にかわ』という字に原因の『げん』です」

膠原病と口にした時の頓珍漢な反応には慣れていたのだろう。彼は別に驚きもせず、『にかわ』という字も思い浮かべられずにいる私に、説明を続けた。

「『全身性エリテマトーデス』なんて、聞いたことありませんか、膠原病の代表的なものですが」

「いえ」

「そうですか。この頃かなり聞くようになってきたのですが……。でも、あまり一般的ではないかもしれませんね」

専門家の彼も認めるとおり、膠原病はまだまだ耳慣れない病名だった。この時、私はまさか自分が膠原病と診断される日がくるなどとは思ってもいなかった。

足が重く感じられるようになったのは春先頃からだったろうか、前後して体中の関節がギクシャクし始めた。それでも、首を左右に回せない、テーブルに手をつくと手首の関節が痛いなど、「寝違えたかな」とか、「関節をひねったかな」とやり過ごしてしまえばすむような、日常生活には何の支障もない症状だったので、加齢によるものと軽く考えていた。

胃が少し痛んだだけでも「胃癌だ」と騒ぎ、咳が出ると「肺癌だ」、頭痛がすると「くも膜下出血か、脳腫瘍」と自己診断し、そのたび家族から呆れられている私でさえも、気にもとめぬほどのほんの微《かす》かな不調だったのだ。

それが夏になると、手足に打撲傷のような腫れが出てきた。初めはどこかにぶつけたのだろうと考えていた。しかし打撲傷なら赤から青へと変色していくはずなのに、腫れた部分はいつまでも鮮やかな血の色を保っている。さすがに訝《いぶ》しく思い、ひとつ一つについて「いつ、ぶつけたのだろう」と記憶を辿ったが、思い出せない。彼方此方に赤いあざが浮かぶ様子は、まるでドメスティック・ヴァイオレンスの被害者のようだ。

そんなある日、いつになく足が重だるく痛み、見る間にふくらはぎが膨脹してきた。足首の括《くび》れがなくなり、象の足状態だ。さすがに、ここにきて我が身に起こっている異常事態に気がついた。

ちょうど帰宅してきた長男が、私の皮膚の赤い腫れを見て、

「これ、結節性紅斑だ。病気だよ。ほんとうに病気になっちゃたね」

と、驚きながらも妙な感心の仕方をする。

単身赴任で週末にしか帰宅しない主人に連絡をすると、すぐに検査しろという。

主人の勤務先は遠いので、長男が研修医として勤務するK大学付属病院を受診し、皮膚科で赤く腫れた部分の組織を切り取って検査したが原因は分からない。とりあえず消炎剤を飲みながら様子を見ることになった。

そうこうしているうちに十月になって、今度は急に右足の膝が腫れあがってきた。

水が溜まって膨れ上がった膝上は、テニスプレヤーのボールで膨らんだポケットを連想させる。強い圧迫感で我慢できずに病院の整形外科に駆け込むと、細菌性関節炎の疑いで緊急入院と決められてしまった。

水を抜けば帰宅できるものと軽く考えていたのに予想外の展開となり、半ギブスで固定した足で車椅子に乗せられると押しも押されもしない立派な病人だ。かつてベビーカーに乗せていた長男が、今日は車椅子を押してくれる。

何の準備もしてこなかったので主治医に頼み込んで一時帰宅し、次男と三男に説明して留守を託すと、「部活・命」の次男が入院中は部活を休むと申し出てくれた。

病院へ戻りがてら三人の息子とファミレスで遅い夕食を摂る。息子たちは「心配しないで。それより早く治ってね」と健気だ。いつもの大食いはどこへやら、勧めてもそれぞれが一人前の料理しか頼まずにいる。うつむきがちな息子たちと囲むテーブルは何となく最後の晩餐といった雰囲気だ。

こうして慌しい入院となったが、結局、八日間の入院と検査でも細菌は発見されず、関節炎の原因は究明できなかった。

原因不明のまま退院すると、主人と息子から、膠原病の可能性が高いと告げられた。結節性紅斑ができた時点で彼らは疑いを持っていたらしい。今回、関節が炎症を起こし白血球が増えているにもかかわらず、細菌感染が見られなかったことが診断の根拠となっているという。ただ、二人の説明のよると、今のところ出ている症状は一部で、それもごく軽いので、投薬で充分コントロールできるとのことだ。悲観することはないらしい。

膠原病と聞いた時、ショックというよりもむしろ不思議な気持ちがした。

二十八年前、初めて知ったこの病名は、この年月でかなり世間からも認知されるようになり、新聞紙面の『膠原病』の活字は、高山病と間違えた日のことを懐かしく思い起こさせるものだった。

その病気に自分が罹ることになるとは、全く人生は先が見えずに面白い。

何はともあれ、不明だった原因がようやくすっきりし、治療の目処も立った。ジェットコースターに乗ってしまったような一年が、今、静かに暮れようとしている。

月に一度は

いつもの採血を済ませると四十分ほど時間が空く。結果が出るまで診察室に呼び入れられることはないからだ。

私は躊躇《ためら》わずに外来病棟を奥へと進み、エレベーターのボタンを押す。目指すは八階の展望レストラン。二ヵ月前から、月一回の通院日には、ここを訪れるようになっている。

大きなガラス張りのベイウィンドーに面したテーブルに着きコーヒーを頼む。目の前には、差し込む西日の中にシルエットとなって、幾重にも重なり連なった丹沢山系が広がっている。

この景色は私に特別な感慨を齎《もたら》す。一年ほど前、このレストランの真下の七階病棟に緊急入院した時に、ベッドの上から眺めていた光景だからだ。

当時は緊急入院という事態に、病状への不安と焦燥、留守宅に残した息子たちへの心配で、一日中気の休まることなく、じりじりとしながら過ごしていた。右足をシーネ（半ギプス）固定されて手術適応か否かの判定を待つ身には、色づき始めた山々の姿さえ少しも慰めにはならなかった。

結局この時には、検査の結果、細菌感染ではないことが判明したため手術せずに退院したが、その後、さらなる検査で原因は膠原病との診断が下り、以来、月に一度、診察と投薬を受けにこの大学病院に通うようになったのだった。

幸運なことにこの病気は、難病指定されてはいるものの、感染はせず、遺伝の確率も極めて低いという。白血球の興奮しやすさが原因とのことで、折々に現れる、口内炎、結節性紅斑、関節炎などの、この病気特有の症状はあるが、自分がなる病気として考えると、まあまあ上等な部類ではないだろうか。私は勝手に「自己完結型疾患」と命名し、白血球の働きが強いのも一つの個性だと考えるようになってきた。

こうして月に一度の通院にも慣れてきた二ヵ月前のこと、いつも時間を潰す地下のカフェが満員だったため、偶《たまたま》このレストランに足を運んだ。

窓に面した席について顔を上げると、正面に色づき始めた山々の連なりが広がっている。一目で去年入院した時に病室から見えた光景だと気づいた。すると不思議なことに、入院当時は興味も関心も持てなかった景色にも関わらず、懐かしさと親しみが同時に込み上げてきた。私は思わず立ち上がり、窓際に歩み寄って、くすんだ緑の中に赤や黄色を燃え立たせている山々に見入った。

季節が一巡したことに対する感慨が、静かに胸を満たしてきた。それからというもの、こうして診察日には決まってここを訪れ、コーヒーを飲みながら健康で過ごせることの幸せを再確認している。

来年も病気と仲良く付き合いながら、月に一度、丹沢の山々とのデートを楽しみたい。

火事の顛末

犬が吠えている。これは夢の中だろうか。吠え続けている。この声はお隣の犬だ。ピシッ、ピシッと雨だれのような音が断続的に響いてくる。

夢うつつの頭の中に『雨か……』という言葉がぼんやりと浮かんだ。「いったい何時だろう」。枕元のケータイを開くと四時四十分の表示が闇に浮かび上がった。息子たちから次々と帰宅できないとの連絡が入り、家の中でたった一人、床についてから二時間半ほど経過したことになる。

　犬はますますけたたましく吠え、その声は時折かすれて裏返った。バチッ、バチッと何かが爆《は》ぜるような音がする。覚醒しかけた頭脳が焦げ臭さを感知した。

『主人のタバコの残り香か？』『……ん？　タバコってこんなに焦げ臭かったっけ？』

　自問自答で、ぐんっと脳細胞が立ち上がった。「まさか、火事？」

　いそいでベッドを出て二階へ上がった時、ちょうど二階玄関のガラス戸の格子に新聞が差し込まれるのが見えた。配達員の足音は規則正しく遠ざかっていく。

『あぁ、よかった。私の勘違いだ。まさか火事が起きているのに普通に新聞を配達しないだろう』

　反射的にこうした言葉が頭に浮かぶ一方で、感覚はこの言葉とはかけ離れていた。配達員の歩行音では払拭されない疑念が、吠え続ける犬の声でより強くなっている。

　私はむしろ火事を確認するつもりで、キッチンへ入り、西に面した小窓から外を覗いた。

夜明け前の空気が異様に赤い。

『やっぱり火事だ！』

　確信がドンと腹に居座った。火元を確かめようとセコムを解除し西に面した雨戸を開けた途端、赤く照った闇の中に無数の火の粉が尾を引いて、花火のように南側から吹き上がっているのが見えた。

慌てて雨戸を閉め直し、リビングの電話を取って一一九を押した。

「こちら消防庁。火事ですか、救急ですか」

間髪を置かない応答があった。

「火事です」

こちらの住所、氏名を告げ、燃えているのが南隣のTさんか、西隣のHさんと思われることを話すと、「先ほど近隣の方から通報があり、もう出動しています」との返事がきた。サイレンで闇を切り裂いて、疾走してくる消防車の姿が目に浮かぶ。

「よろしくお願いします」

続けて「私はどうしたらいいのでしょう」と聞いてしまった。

耐火構造でセコム完備の我が家は防火・防犯能力がかなり高い。当面はこの家の中に居続けていたほうがよいのではと思う反面、隣家の火災に際して何かすべきことがあるのかもしれないという想像も過《よぎ》り、一応確認したくなったからだ。だが、こうした思いとは裏腹に口から発せられた言葉は、情けないほど、間の抜けたものとなった。

「危険だと思ったら避難してください」

髪の毛半本分ぐらいの間をおいて、至極当然な答えがあっけなく返ってきた。

「分かりました」と丁重に電話を置く。

きっと、あちらは私の愚問に虚をつかれたのだろう。返答までの一瞬の間をこう考えると、こんな重大時局の最中だというのに可笑しさが込み上げてきて、知らず知らずに入っていた力が、肩から抜けた。

とりあえず避難以外にすることはないらしい。先に通報した方があるということを聞いて心強くもなっていた。主人は単身赴任、三人の息子は仕事や飲み会で帰宅していない。ひとりで暁闇《ぎょうあん》の町に出るのはためらいがあったが、他にも人が起きていて、火事を注目しているのなら安心だ。一度、外へ出てみよう。

火元と思われる南側の雨戸が全部閉まっているので、家の外の様子は判らない。ただ、こうしている間にもキッチンの窓の外は赤みを増し、北側の家の影も擦りガラス越しに炎のように揺らいで浮かび上がってきた。

『ひょっとして回りは火の海か？』

頭に浮かんだ言葉通りなら最悪の事態だが、実際の炎を目の当たりにしていないためか、まる冗談のようで現実感がない。レッド・バトラーに目隠しされた馬車馬状態だ。寝室に下り、着替えてから、リビングに戻りケータイと財布をバックに入れた。

さて、避難に際して何を持ち出そう。

幸いなことに医師免許などの貴重品は銀行の貸金庫なので心配はいらない。

まず、頭を過ぎったのは、母の色留袖と帯だ。長男の結婚式用に仕立て上がったばかりで、ホテルの美容室へ持ち込むために預かっている。私に任せっぱなしだった母は、これらをまだ見てもいない。預かり物という意識から、持ち出そうかとほんの一瞬迷ったが、家に火や水が入る事態になれば、命があっただけましと思えばよいとすぐに切り捨てた。次に指輪、ネックレスなど装身具を始めとした映像が、ぱらぱらとトランプの絵札を散らすように頭の中を落ちていったが、残ったものはなかった。

身ひとつで出よう。思い切りのよさに驚く自分自身がいた。

セコムを作動させて二階の玄関を出ようとした時、背中から一階玄関のドアを激しく叩く音が追いかけてきた。誰かが我が家に知らせようと叩いて下さっているようだ。たぶん西隣のH家の方だろう。私を起こしてくれたワンちゃんの飼い主だ。戻って応えようかと迷ったが、セコムを解除する手順を考えると、このまま外から回ってお礼をいったほうがよいと思い直した。ほどなくドアを叩く音は止んだが、私のことを気にかけてくださる方がいるのだと、まるで背中を直接叩かれたように大いに力づけられた。

玄関を出ると「東野さん！　東野さん！」と呼ぶ声が頭の上から降ってきた。見上げると東隣のYさんがベランダから身を乗り出している。因みにY家は我が家より三メートルほど高く、南隣のT家は我が家より三メートル低いといった位置関係にある。H家は我が家より一メートルほど低い。

「東野さん、火事。もう消防車、呼んだから！」

「ありがとうございます」

お礼をいいながら鍵をかけ、ドアの格子に挟まれている新聞を小脇に抱えた。燃えそうなものは残さないほうがよいだろう。

門を出て、Y家の玄関へ向かった。ベランダから降りてきてくれた彼女に家へ招じ入れられると、急に自覚していなかった疲れがどっと出て、無作法にも勧められる前に上がり框に「失礼します」と腰を降ろしてしまった。結構緊張していたらしい。

彼女は「東野さん、驚いたでしょう」と、自らも興奮した口調だ。

説明によると、いつものように四時過ぎに起きてラジオを聴いていたが、何やら騒がしい。二階のベランダへ上がると、東野の屋根越しに火の粉が吹き上がっていたので、慌てて一一九へ通報したそうだ。ちょうどその時、東野の玄関に読売新聞の配達員が新聞を届け、出て行くのが見えた。彼はバイクで「火事です」「火事です」と叫びながら走り去って行ったという。

新聞配達員を基点に考えると、彼女は私より三分ぐらい早く通報したようだ。それにしても、配達員は発見した時点で、家々のチャイムぐらい鳴らしてくれてもよかったものを。まあ、配達が遅れてはならないと思ったのかもしれないが……。

『見ている鍋は煮えない』というが、待っている消防車もこない。Yさんと通りに出て、我が家の庭越しにT家が見下ろせる坂道を下りて、私は初めて火事を視界に収めた。

二階家を覆いつくして余りある高さの炎だった。我が家から五メートルも離れていない。いや、目を凝らすともう既に、庭の楠にもオレンジ色の炎が踊り、細かい火の粉が花火のように上がっている。

家は大丈夫だろうか。急に不安がこみ上げてきた。軀体はヘーベルなので心配はないが、屋根が木製だから、ここに火がつくと、屋根裏収納庫を伝って中に炎が入るかもしれない。

また雨戸が溶け落ちれば、窓から火が入るということもあるだろう。阪神大震災の時も、倒壊は一棟もなかったが、窓から火が入って中が焼けてしまったものがあったと、「ヘーベリアン・ファミリー（ヘーベルハウス居住者会報）」に載っていた。

しかし知識ではそう考えるものの、それでも今ひとつ切迫感がない。落ち着いている自分が不思議だ。脳内に紡ぎだされる想像と、静かに火事と対峙している身体とには大きな乖離がある。

丁度そこへワンちゃんを連れたH家の方々がいらしたので、「ありがとうございます。ワンちゃんに起こしていただきました」とお礼をいい、「ドアを叩いて知らせてくださったのもお宅さまででしょうか」と訪ねると「そうです」と仰る。二階玄関から家を出るところだったので応えられなかったお詫びと、でも、嬉しく、とても力づけられたことを申し上げた。

「いつも吠えてご近所にご迷惑をお掛けしてますから」とご家族四人はにこやかだが、そのH家にも五メートル足らずのところまで火の手は追っている。

「でも、風がなくて幸いしました」とご主人さまの指摘どおり、火は比較的真っ直ぐ立ち上っている。それでも、百坪ほどの敷地に立つ東西に長い家屋の中央付近から出火したらしい火事は、我が家の真正面で燃え上がり、両翼に規模を拡大しつつあった。

ごうごうと燃え盛る音に、何かが砕けるようなバリバリという音と、それに時折、梁でも落ちたのかゴンという底深い音響が重なって聞こえてくる。

それにしても消防車は遅い。

　すると突然、空気を震わせるような轟音を発して、径五メートルはあるかと思われる火柱が溶岩のように輝いて天を衝いた。いつの間にか増えていた人垣の彼方此方から悲鳴が上がる。

　その動揺が収まらない空気を震わせて、サイレンが近づいてきた。ようやく消防車の到着だ。

「早く消火を！」と回りの視線が消防車へ集中する。

　Yさんが急に思いついたように、「東野さん、庭を使っていいっていわなきゃ」と促してくれた。が、私が声をかけるより早く、銀色の消防服の消防士たちは何のためらいもなく、我が家の一階ガレージのアコーディオン式ドアを目いっぱい押し広げて駆け込んでいった。

　きしめんのように薄く延ばされたホースが徐々に膨れ上がる。

　ようやく待ちに待った放水が開始された。しかし、ホースから放たれた水は何とも頼りなく、ゆるく弧を描いて炎に飲み込まれてゆく。「何か『焼け石に水』って感じ」。私は呟いた。

　やがて次々と準備が整い、ホースの数が増えてきた。

　私はそこで初めて、我が家に水を掛けてもらうことを思いついた。消防士たちでごった返している庭へ入り、近くにいた消防士さんに、「この家の者ですが、屋根から水を掛けていただけませんか」と頼んでみた。

「もう掛けましたよ」

　こともなげな返事がきた。

「ありがとうございます」

放水が専らT家へ向かっているところを見ると、我が家に炎は入らなかったようだ。私はほっとして正真正銘の火事場から退散した。

気がつくと、空は白み始めている。

「東野さん、大丈夫?」

人垣の中から、四軒先の奥さまが心配してくださる。

「ありがとうございます。こんなことが起きるんですねえ」

「ほんとに。最初はUさんが燃えてるのかと思ったのよ」

暗闇の中の火事は近くに感じられるらしい。消防車のサイレンで目覚め、初めて外を見た時には火事は二軒先だと思ったと仰る。

私はH家のワンちゃんに起こしてもらった話をし、「火が見えなかったから落ち着いていられたみたい。ここへきて初めて見て、大きいんでもうびっくりしました」とつけ加えた。

「通報者の方ですか」

近くに停まっていた消防署の赤いワゴン車から出てきた消防士が話しかけてきた。

「はい、私も通報しましたが、その時にはもう通報なさった方がいらしたといわれました。Yさんのほうが私より先になさったようです」

私はYさんを示した。

「ちょっと、お話を聞かせてください。どうぞこちらへ」

私たちはワゴン車の中へ招かれ、「いつ、火事に気づかれましたか?」に始まる事情聴取を受け、私は隣家の犬の声と焦げ臭さに気づいてからの一部始終を語り、Yさんもさっき私に話してくれた内容を繰り返した。

「それで、Tさんは何人家族ですか」

「ひとり。おばあさんがひとり。去年までお祖父さんがいたけど、亡くなって。ひとり娘さんが千葉だか埼玉だかに……」

四十年在住だけあってYさんはさすがに詳しい。私はお隣とはいっても、玄関が離れていることもあり、ほとんど交際がない。

「……そういえば、おばあさんはどうなりました」

「まだ、こちらには何の情報も入っていません。ご協力ありがとうございました」

ワゴン車から出ると、「東野さんですか。」と紺の制服姿の男性から話しかけられた。出動してきてくれたセコムの人で、こちらが落ち着くまで二人体制で留まってくれるという。そういえばH家もセコムだ。

思わぬ援軍にお礼をいっていると、また別の紺色の制服の人が、

「Tさんはいますか、Tさん!」と人垣に声をかけながら聞き回ってきた。

こちらは警察か消防のようだ。

「Tさんはお玄関が下の道路に面しているので、そちらじゃないでしょうか。家とはお隣とはいっても三メートルぐらいの擁壁《ようへき》があるので、こちらに逃げてはいらっしゃらないと思い

ます」

「いや、下も探したんですが、いないのでこっちを探しにきたんです」

何と応えていいか分からない。Yさんも言葉がない。制服の人はまた「Tさんはいますか」と繰り返しながら小走りに去って行った。

「旅行にでも出てればねえ」

気を取り直したようにYさんが呟く。

どちらからともなくTさんの玄関がある下の通りに行ってみようということになり、さっき下りてきた坂道を上がっていくと、我が家の二階玄関前の道路には、大型の消防車が四台並んでいた。

この道路は十年前までは幅が三・八メートルしかなく、大型消防車は入ってこられなかった。消火栓も離れていたため、この一帯は他の多くの玉川学園地域と同じく、消防困難地域となっていた。そんな折、道を挟んだ都営住宅の立替問題が起こり、我が家を含む近隣地域住民十四世帯はインフラ整備などを求めて住民運動を起こしたのだった。

交渉を重ねた末、都は要求をほぼ受け入れて計画を変更し、都営住宅の各棟を予定の位置から後退させて道路を六メートルに拡幅し、都営住宅用地内に防火水槽を埋設してくれた。

私はその時の地域住民の会の幹事を務めていた。十日間で地域一帯約五千名の署名を集めて都に陳情したことに始まり、その後二年間、陳情・交渉を重ね、何度もの説明会で都の職員と論戦したり、都議会議員を説得したりといった多忙な日々を過ごした。

しかし、まさかその道路と防火水槽が我が家の火災に威力を発揮するとは思ってもみなかった。

「道路が広くなったお陰ですよね」

以心伝心、ずらりと並んだ消防車を見てYさんも私と同じ気持ちらしい。Yさんのご主人は去年亡くなったが、建築関係のお仕事だったので、住民運動当時はブレインとして大活躍されていた。

「防火水槽もあって、ほんとうによかった」

私は大きく頷いた。見ると、我が家の二階玄関へ続くブリッジにも二、三本のホースが入っている。こちらも使っているらしい。

近道の階段を下りて下の道路に行くと、そこにも消防車が一台止まり、人だかりができていた。火事の原因は何だろう、古い家だから漏電じゃないか、などといった会話が聞こえてくる。ビデオカメラを構えた報道関係らしき人も混ざっている。

近隣の方たちから「東野さん、無事でよかったですねえ」と盛んに声をかけられた。皆さんがそう仰ってくださるわけである。下の道から見上げる我が家は、T家が焼け落ちたために遮るものもなく、痛ましく無残な姿を曝していた。ベランダは、擁壁の上に取り付けた透明アクリル板が溶けて、一部はなくなり、残りは白いタオルのようになって枠からだらりと垂れ下がっている。一見した時は、火事で焼け残った布切れが飛ばされてきて巻きついているのかと思ったが、目を凝らすと、正体は溶けたベランダのアクリル板だったのだ。白い外壁は何の化学変化か、ピンク色に変色してケロイド状に溶け落ち、黒く焦げた何かの欠片がいたるところにに付着している。銀色の消防服姿が動き回っている庭では、楠も貝塚息吹もちりちりと葉を縮めて変色し、一部は枝や幹だけになって、それらも黒く炭化しているようだ。

火事はもう完全に下火になって炎は見えない。ただ、雲のような白煙だけが放水を受けながら、明るくなった空に向かって立ち上っている。

報道関係らしき人が足早に脇を通り抜けて行くのを見て、私は子どもたちに連絡しておかなければと思いついた。ニュースで玉川学園が火事などと聞けばさぞ驚くだろう。その前に私が無事だと伝えたい。

ケータイを取り出すと時間は六時二十分を表示している。メール画面にし、タイトルには「突然ですが」、本文には「下のTさんが火事になりました。家は焦げましたが私は無事です」と打ち込み、三人の息子に送信した。これでひとまず安心だ。メールの不得手な主人には後で電話をしよう。

Yさんと一緒に上の道へ戻ると、先ほどのセコムの人が私を探していた。家のセキュリティーをチェックしてくれるという。

Yさんと三人でまだホースが走っているブリッジから二階玄関へ向かうと、消防士が「この方ですか」と尋ねてきた。ブリッジから下の庭へ下りるために梯子を下ろしたところ、手すりの塗装が剝げてしまったという。見るとほんの少し黒いペンキがはがれて銀色に下の鉄の色が覗いている。「どうせ塗り直す時期ですから。それよりも火を消してくださいまして本当にありがとうございます」と感謝すると盛んに恐縮なさっていた。

玄関を開けると明かりが点いたままのリビングが見えた。セキュリティーは正常に作動している。一度解除してから、在宅モードに切り替える。部屋の中は出かけた時と変わらないように見えた。火災報知器が作動していないところを見ると室内に変化はなかったのだろう。

気づくと小脇にはしっかりと新聞紙を抱えたままだ。鍵をかけて家を出たあの瞬間がよみがえる。こうして無事に家に戻ることができてよかった。

ベランダ側の雨戸を開けようとして、網戸が溶けているのに気がついた。

「あっ、溶けてる！」

ベランダ側の三枚の網戸のうち二枚が溶けていた。

溶けた網戸に気をつけながら雨戸を開けると、思いがけない量感で眩しい光が流れ込んできた。鼻を突く強烈な焦げ臭さが部屋に満ちる。眼下のTさんのお宅は中央部がごっそりと焼け落ちている。両脇にかろうじて燃え残った部分がなければ、元が二階建ての家だとは誰も判らないだろう。まだ、ところどころから燻るような煙が立ち昇り、それに向かって放水が続けられていた。

まず二階をチェックし、その後一階に下りた。Yさんはその間、ベランダ越しに事故現場を見やっている。

一階の私の寝室は何の変化もないように見えたが、カーテンを開けると驚いたことには、閉ったままの雨戸の色がベージュから、朱色に変わっていた。まるであの火事の炎の色を吸い取ったようだ。雨戸の落とし込み錠は溶けて変形していた。鉄線入りの窓ガラス二枚には歪んだ阿弥陀籤のような亀裂が一面に入っている。網戸は完全に溶け落ちてしまって枠だけになっていた。

「これは動かさないほうがいいですね」

セコムの人は溶けた雨戸の錠を窓ガラス越しに覗き込んでいる。

「ええ、すぐに工事の人を呼ぶようにします」

素人が下手に触らないほうがよいだろう。

隣の三男の部屋は網戸だけの被害だった。

セキュリティーはすべて正常だったので、セコムの人は、「まだしばらくこの辺におりますので」と帰り、私はYさんのいるリビングへ戻った。

「だめだったんじゃないですか」

Yさんが現場にシートが張られたと教えてくれた。見ると焼け落ちた部分の中心を囲うように鉤形にベージュのシートが張られている。Yさんはご遺体を搬出するためにシートが張られたのだろうという。下の道路から見えないように張られているので、裏手のこちらからはすべて見渡せる。

煙とも湯気ともつかない靄が立ち込めている現場には、炎熱が残っているのだろう、熱せられた空気が陽炎のように一面を揺るがせている。その中で十人を越す銀色の消防服姿が作業中だ。

ゴンゴンという音が響くのでそちらに眼を向けると、梯子をかけて、T家の隣のN家の外壁を盛んに叩いている消防士がいた。あちらに飛び火でもしたのだろうか。

T家の向かいの家に目を転じると、二階の網戸が大きく垂れ下がり、生垣の貝塚息吹のこちら側が茶色く焼けている。

亡くなられたらしいTさんはお気の毒だ。しかし、改めて、T家の完全に炭化して焼け落ちた部分の大きさを見ると、これだけの類焼ですんだことがまったくの僥倖に思われてくる。発見はかなり遅かったようだから、風があれば大惨事になっていただろう。

ピンポーンとチャイムが鳴った。

出てみると三男坊が苦しげに肩で息をしながら立っていた。「おかあ……ちゃま」と息も絶え絶えだ。昨夜は「帰ってきなさい」といったのに「お願い！」と予備校の友達の家に泊まってしまっていたのだ。「ごめんね、……大丈夫?」と、喉をぜいぜい鳴らしている。

友達の家で徹夜でゲームをしていたところに私からのメールが届いた。すぐに友達の家を出て駅へ向かう途中、タクシーがきたので乗り込んだが、火事による交通規制でここまで入れず、途中で降りて走ってきたという。

「家にもケータイにも何度も電話したのに出ないから、僕、もう、心配で、心配で」

「ああ、ごめんね。家にはいなかったし、ケータイはバッグに入れてたの。外はうるさかったから聞こえなかったんだと思う」

私はお隣のワンちゃんに起こしてもらってからの一部始終を語りながら、家の状態を見せた。一番ひどく損傷している私の寝室で、変色し錠の溶けた雨戸やひびの入ったガラス戸、完全に溶け落ちている網戸を見て、彼は呆然として言葉もない。眼は涙で一杯だ。

私はこのいとしい末っ子の胸に飛び込み抱き締めた。しばらくの間、私たちはロミオとジュリエットのようにしっかりと抱きあって互いの鼓動を感じた。よかった、生きていて。

しかしそうゆっくりと無事を喜び合ってもいられない。またチャイムが鳴るので出てみると、消防署の人だった。浅い紺色の制服姿で四、五人いる。家の写真を撮るのだという。中へ案内してくるとYさんが「じゃあ、これから忙しいでしょうから」と入れ違いに帰っていった。写真を撮っている間に、また「いつ火事に気がつきましたか」と始まった。

私は隣家のワンちゃんに起こされてからの一部始終を語る。

写真が終わると「これを提出してください」と罹災証明書の申し込み用紙を渡された。

火災保険の申請に必要なのだという。

消防署の人を見送ってから、私はまず一番に東京電力に電話をかけた。先ほどの人垣の中から火事の原因を想像する声がちらほら聞こえていたが、やはり多かったのは漏電だった。我が家もこの火事で壁が熱せられたわけだから漏電の危険性があるかもしれない。二十四時間受付窓口に状況を話すとすぐにきてくれることになった。最初の一歩である。

次に、保険会社に電話をかけた。まだ九時前なので二十四時間受付窓口という番号にかけてみる。電話口の男性に火災にあったことを話すと、今日中に係りの人がきてくれることになった。これでまたひとつ前進した。置いたばかりの電話が鳴ったので出ると、飲み会で家を空けていた次男坊だった。

「大丈夫？　今、もう、電車乗ってるから。すぐ帰るから」と、こちらもかなり慌てている様子だ。「大丈夫だから落ち着いて帰ってらっしゃい」と電話を切った。

　そろそろ主人にも報せておいたほうがよいだろう。今日、火曜日は九時から外来である。そういえば古くからの患者さんが今日は息子さんと一緒に来院すると報せてきていた。主人にも一度話したが、念を押しておこう。

　私は切ったばかりの電話をとって、主人の番号を押した。

「もしもし」

　昨日の朝、任地へ戻った主人の声だ。

「もしもし、私」

　まず、患者さんのことを念を押した後、

「ねえ、落ち着いて聞いてね。皆、無事で心配はないから」

　私は前置きして火事のことを告げた。主人は驚きながらも、子どもたちが家に居なかったことを怒っている。

「でも、」と私は三男が飛んで帰ってきたことと、次男が慌てて帰宅していることを話してとりなした。「まあな」と少し機嫌を直した主人。「でも怪我がなくてよかったよ。俺、帰ろうか?」と聞く。

「大丈夫。もう保険屋さんには連絡したし、後は九時になったら旭化成に連絡すればいいだけだから。心配しないで」

「じゃあ、また何かあったら報せて」と言い置いて、主人は仕事に出た。

窓の外には、がらんと開けた視界に光が溢れている。その視界の広さがあの火事が夢ではなかったことを教えている。

電話が鳴った。長男が病院からかけてきてくれたのだ。「大丈夫? 本当に? 家、たいへんなら、こっちにくればいいからね?」

五月に結婚予定の長男は、婚約者とマンションを借りている。そこに避難したらと誘ってくれた。こうして心配してくれる者を持つ身は幸せだ。

そろそろ旭化成に電話を入れようと思っていたところへ保険屋さんから電話があった。我が家の担当の人で、「工務店の者も連れて参ります」との申し出だ。修理は旭化成に頼むからと断ると、「旭化成の部品を使わせますから」という。衣の下から鎧がちらり、工務店を伴ってくることは単なる好意ではなさそうだ。最低限の仕事ですませようという腹積もりかもしれない。

よし! この際はっきり説明しておこう。

「以前、家の塗装をした時に……」、私は旭化成で塗装をした時に、しばらくして屋根の塗料が剝げ落ちてきたことを話した。その時、旭化成は他にも何軒かこういった事例があることを明らかにし、原因を調査中だと説明した。その後、原因が判明したのでやり直させて欲しいと、すべての塗料をこそげ落として塗り直してくれた。

「他のところに頼んでいたら二割は安かったでしょう。でも、そうしたら、こういう不都合が生じた場合、責任の所在がはっきりしなかったと思うんです。塗料じゃなくて下地のせいだと責任転嫁されたかもしれない。この時、やっぱり責任は一元化しておいてよかったとつくづく思ったので、旭化成以外に家の修理を頼むつもりはありません」

「判りました」

どうやら理解を得たらしい。

電話を切って、旭化成にかける。今日中に見にくるというので、またまた一歩前進だ。

一段落着いたところで、起きてから何も口にしていないことに気がついた。五時間ほどが経過している。

昨夜帰ってこなかった子どもたちの分の夕食が冷蔵庫の中にある。でも温めて並べるのさえも何だか億劫だ。

次男のケータイにかけると、電車の中だという。「何か買ってきて」と頼むと「そのつもりだよ」と返ってきた。これで食糧確保。

やっとゆっくりできると掘りごたつに足を入れると、また玄関のチャイムが鳴った。出るとさっきとは違う消防署の人だ。罹災証明書の申し込み用紙をくださるというので、もういただいていることを告げた。署内の連絡はあまりよくないようだ。

加えて、家の外を確認させてくださいというので、いい折とばかり、一緒に庭に下りた。私もまだ見ていない。

庭はぬかるんで、溶けたチョコレートのようだ。消防服姿はもうなかったが、いたるところにくっきり模様の浮き出た大きな足跡が行き交い、なぜか直径五十センチ、深さが三十センチくらいの大穴まで開き、中に水が溜まっている

この穴は、ホースに穴が開いていたため、そこから漏れた水でできたのだと説明された。後で埋めてくれるという。すごい水圧なのだと改めて感心する。

初めて家の外壁を間近に見た。アイボリーホワイトだった塗装が、ねっとりとしたピンクに変色している。それは素人がケーキにバタークリームを塗ったように、不均一な厚さでヘーベルの壁にへばりつき、その上に煤《すす》や灰がこびりついていた。エアコンの室外機は溶け、雨樋はぐにゃりと潰れて、外れて落ちている。せり出したベランダの腰壁のヘーベル板一枚には、縦に深く亀裂が入っていた。

「燃えなくてよかったですね」

目を見張っている私に消防士さんが、気持ちの籠った声をかけてくれた。

「木造でしたら焼けてますか?」

「危なかったでしょう」

幸運だったようだ、壁一枚隔てたところに寝ていたわけだから。

「いつ火事に気がつきましたか」

この人も同じことを聞く。

またまた「お隣のワンちゃん」が登場する。

ひと通り説明した後、こちらも「火事の原因は何ですか？」と聞いてみた。放火だったりしたら危険だ。

しかし、「いや、まだはっきりしたことは」と言葉を濁す。本当に判らないのか、判っていても知らせないのかは、不明だ。

消防署が帰ると、次男が帰宅してきた。

コンビニで暖かいお茶やおそばを買い込んでくれている。

早速温かいお茶を飲む。飲みながら、隣家のワンちゃんに始まる一部始終から、ついでに今判明している我が家の被害状況を説明した。

ひと通り話し終わって、とろろそばの容器を開けようとすると、「はい、これ」と、次男が手早く、もう箸をつければよい状態に整えたものを差し出してくれた。「ありがとう」

箸を取るとチャイムが鳴った。東京電力だった。

ひと通りの検査の結果、漏電の兆候はなかった。しかし、それはあくまでも今、正常に通電しているというだけのことであって、熱で壁の中の電線が溶けていた場合でも正常に通電する場合はあり、安全の保障はできないという。壁の中が確認できるまで、熱せられた壁側のコンセントのブレーカーを落とし、使わないことにした。

東京電力を見送り、再び席について箸を割ろうとすると、またチャイムが鳴った。今度は警察だ。やはり四、五人できて、家の中外を写真に取るという。写真に取る間、「いつ火事に気がつきましたか」との質問が始まる。

私は、今日何度目かの「お隣の犬が……」を繰り返す。続けて、こちらから火事の原因を尋ねてみたが「まだ調査中」という答えが返ってきただけだった。

警察が帰ってようやくとろろそばを口にできると思ったが、そう思い通りに事は運ばない。旭化成と保険屋さんから、立て続けに訪問時間の連絡がきた。旭化成が「二時から四時」、保険屋さんは「三時から五時」だという。保険屋さんは鑑定人なる人物がくるという。

電話を置くと、「ほら、早く食べちゃわなきゃ、また人がくるよ」と子どもたちに急かされた。そうだ、食べられる時に食べておこう。箸を取るとまた電話が鳴る。主人からだ。

「どうだ。平気か?」と帰らなくてよいかを重ねて聞いてきた。

「平気、大丈夫。保険屋さんも旭化成も今日中にくるって。だからもう何も他にすることないから」

「そうか。ご苦労さん。何かあったら報せてよ」

電話を切って改めて箸を取る。

「でもよかったわねえ。これがもし火や水が入っていたら、今日寝るところから心配しなきゃならないんだもの」

こう口にすると、自分で発した言葉にもかかわらず、『ほんとうにその通りだ』と自分のおかれた状況が運に恵まれたものに思われてきた。

「ＭＶＰはヘーベル。殊勲賞は雨戸だね」と次男。

訪問者も電話も一段落し、私は渇きかけたところそばをようやく口にすることができた。

再チャレンジ

三男の大学入試と長男の結婚、それに私の出版まで予定されていた今年は、始まる前から忙しい年になるはずだった。それが、三月二十八日未明の隣家からの類焼という青天の霹靂まで加わって、まるでジェットコースタームービーのような激しい展開を見せることとなった。

四月の三男の入学も、長男の結婚準備と五月の式及び披露宴も、出版に向けての校正作業や初出版も、焼け爛れた我が家の火災保険の請求や交渉、復旧工事の契約や準備といった神経を使う仕事と同時進行となったため、心ゆくまで楽しめぬまま、呆気なく過ぎていった。

復旧工事の方は、「保険は、全額は出ない」という世の中の評判どおり、かなりの額を持ち出さなければならなくなった。しかし考えてみれば、元の状態に戻すためにだけに出費するというのは、腹立たしい。どうせ不便に耐えるならと思い切って、浴室、洗面所、トイレなどのリフォーム、壁・襖・障子の張替えと畳替えも追加することにした。

このような事情から当初の予定よりもかなり大がかりになった工事は、六月二十九日――

罹災から三カ月後――にようやく着工に漕ぎつけた。

長期に亘って家の中に工事が入るなどという経験はなく、普段気ままに過ごしている身には、周囲に足場を組んでカバーで覆われた家の中で緊張を強いられ、外出も儘ならない生活は苦痛の極みとなった。また、中には恐ろしく手際の悪い職人さんもいて夜の十時近くまで工事が終わらなかったり、猛暑の日に一日中窓が取り外されてエアコンが効かないといった状態に置かれたこともあった。

そんなこんなで精神的にも肉体的にも疲弊しきった頃、どうにか工事が完了した。

終わってみれば生活の利便性は格段に向上していた。

特に水周りの快適さは想像以上で、これでお嫁さんにも「よかったら泊まって」と胸を張って勧められる。

また、壁の張替えに伴ってコンセントを倍増したので、蛸足配線だったテレビやパソコンの周辺機器、ジプシー状態だったコードレスの子機や携帯のアダプターといった電気製品にも専用の差込口ができた。

こうして、「よかったねえ」「いいねえ」と言い合っての数日が過ぎ、リフォームに伴うひとときの興奮が覚めやった午後、張り替えられて明度を増した白い壁に工事中は外しておいたカレンダーをかけた。

ちょうど秋の彼岸を過ぎたところで、まだ一年の四分の一を余しているが、私はといえば、もう一年が去ったような、まるで年末のような気分だ。

しかし、カレンダーに規則正しく並んだこれからの日々を見ているうちに、この三ヵ月間を「たいへんだったねえ」と自分を労《いた》わりながら過ごすことが、あまりにも勿体なく思われてきた。

いくら一生に一度あるかないかの経験や気の張る出来事が連続したからといっても、過ぎたこと、やり終えてしまったことを、ため息つきつき回想していても何も始まらない。

そろそろ頭を切り替えて自分のペースを取り戻し、火事の前の生活に戻ろう。ふやけた身体に決意が漲ってきた。

欠席を続けているエッセイの教室、プロット考案中のままフリーズ状態の小説講座、途中でやめてしまった着物の着付け教室。

文章力はすっかり錆びついて、手紙ひとつ書くのももどかしい有様だが、とにかくひとつ、エッセイを書くことから始めよう。まずそこからだ。

小説は、候補に上げている三つの題材（○天狗党の乱、○樺太、○関東大震災）の資料収集だ。このままではいつまでたっても埒が開かない。

着付けは、NHK文化センターの広告に、出席しやすい時間帯の教室を見かけたので、申し込むことにしよう。

だんだん針路が定まってきた。

再チャレンジの秋が始まる。

パソコン・トラブル

――そうだ、「灯台」の原稿――

ひと夏欠席してしまった文章教室の作品集「『灯台』第Ⅲ作品集」用の原稿の第二次締め切りが迫っている。来週の教室に持参しようとプリントアウトを思い立った。

掲載予定の原稿は、昨年、隣家からの類焼の補修工事で欠席を重ねた際に、ご心配をかけた三宅先生始めお教室の皆さまに、ご報告代わりに書いた『火事の顚末』だ。

出版のお話をいただいた時に、直観的にこれを載せていただこうと決めてあった。

パソコンを開いてデスクトップの「エッセイ」と名づけたフォルダを開いた。

――？――

ところが、中に並んだタイトルに目を走らせても「火事の顚末」の活字がない。

――！！！――

二度目、三度目、四度目と、六三項目と表示されている画面をゆっくりスクロールさせ、終《つい》には静止させて画面を指で辿っても探しても、「火事の顚末」はない。

――……――

茫然。愕然。ムンクの『叫び』ポーズでフリーズ。予定コースを外れた時の古いカーナビみたいに、頭の中は真っ白な画面。

「うそぉ」

口を吐《つ》いて出たのは語彙力ゼロの単語。

「なぜ、ない？」

パソコンに訊ねたわけではない。自問自答。いや自問のみ。ようやく立ち直った頭脳が、答のほうを見つけなければと記憶を手繰り始めた。


六月末にパソコンを買い替えた。三年使ったパソコンが、うまく立ち上がらなかったり、立ち上がっても途中でいきなり画面が消えてしまうなど、故障続きになってきたからだ。

エッセイを始めとするフォルダは全て、ＤＶＤにバックアップを取って新品に移した……、はずだった。

断言できないのは、この買い替えた新品パソコンがまさに曲者で――私は二カ月近くも「こいつ」に悩まされる結果となったのだが――サクサク動いて喜ばせてくれたのはほんの二〜三日で、すぐにまともに立ち上がらなくなってしまったのだ。

電源を入れると、デスクトップ画面になるまでに、「正常に起動しませんでした」の表示が現れ、勝手に再起動を何回も繰り返している。こちらはクリックひとつできず、パソコンの「ひとり遊び」状態が続く。

この状態をメーカーのお客さま窓口に問い合わせても係の人の回答はまちまちで、「最後に立ち上がればそれでよい」という人もあれば、機械音痴の私を操って、「セキュリティーのせいじゃないか」、「メモリーが原因じゃないか」と、いろいろな操作をさせた揚句に、これで大丈夫と自信たっぷりに請け合う人もいた。

しかしその言葉のそばから、また再起動を繰り返すなど、長い日には二時間半も、電話をお客さま窓口につなぎっぱなしにしていた日さえもあったほどだ。

しかも、固唾を飲んで起動を見守り、やっとデスクトップ画面が表示されて喜んだのも束の間、今度はワード文書がうまく入力できない。文章を修正するたびに正常な部分が消えてゆく。

マイクロソフトに電話をすると、自動音声に従って何回も番号を押し続けて、やっと辿りついた人間の声の持ち主はこともなげに、「ファイルが壊れているから削除してください」という。何で壊れたファイルが入っているのか分からない。

もう、ここまでくると、パソコンに向かいながら、両肩が落ちて背中が丸くなってゆくのが自分でも分かるほど、衰弱してきた。

パソコンを使うというより、パソコンにこき使われているような毎日。最後は不登校の子どもよろしく拒絶反応が起こり、パソコンを開くのも、というより、パソコンのことを考えるのすら苦痛になってしまった。

このような状態だったので、古いパソコンからの引越しが滞りなく行われたのか、この段階では確認していない。

しかも、この忌々《いまいま》しいパソコンは、結局、お客さま窓口からも匙を投げられ、販売店に持ち込むように勧められた。

仕方なく重い思いで運び込んだ販売店では、修理部門で調べている間中、私は修理カウンターとその前に置かれた硬いベンチを往復しながら三時間近くも持たされ続けた。

担当者は首をひねりながら、上司らしき人に尋ねたり、電話をかけたりしながら、何とかパソコンの機嫌を取ろうと頑張っていたが、一筋縄ではいかないことが分かったらしい。

最後はお預かりしますというので預けることになり、私は『初めからそういってくれればいいものを……』と心の中で呟きながら、ぐったりと足取り重く帰ってきた。

ここまでくると、もう、けちのついた品なので、いっそのこと直らないほうがいい、新しいものと交換してもらいたいと虫のいいことを考えていたところへ、三日後、「直りました」の連絡。

『直っちゃったのか』とがっかりして取りにいくと、「やっぱりセキュリティーでした。外したら動くようになりましたので確認してください」と若い店員さんが得意げに起動させてくれた。いかにも店で売ったパソコン自体には問題がなかったと言いたげな余裕の表情だ。

スムーズに立ち上がるパソコン。これでは文句のつけようもない。

ところが、店員さんが「よろしいですね」と念を押して、頷く私の鼻先でシャットダウンの操作をした時、異変が起こった。

砂時計代わりの青いサークルがクルクルと回転したまま止まろうとしない。

意気揚々としていた店員さんの顔に不安が浮かぶ。「シャットダウンしています」の表示を出したまま、一向に消えない両面を覗き込みながら、「シャットダウン、しませんねえ」の声も小さくなり、だんだん意気消沈していく。

私はというと、彼の落胆に反比例して期待が膨らんできた。まわり続けるサークルに「頑張れ!」と心の中でエールを送り続け、とうとう店員さんがあきらめ顔で、電源を切り、強制終了させた瞬間には、ブロンドを見かけたカウボーイのような口笛を吹きたくなったほどだ。

大逆転のナイスな展開。面倒をかけられっぱなしのパソコンだったが、最後の最後は褒めてやりたい。

あっぱれ! よくぞ壊れた。

「これはやはり初期不良のようです。保証期間中なのでお取り換えします」

店員さんは気落ちした様子で視線を落とし、このパソコンの配達時に有料で頼んだネット接続やセキュリティーのインストールも、「すべて無料で」と申し訳なさそうに言い添えた。

こうしてパソコンとの長い苦闘が終わり、二代目の新品が届いたので、バックアップをこちらにも入れて、少しずつ操作に慣れつつあった。

本来、六月の第一次締め切りに間に合わせるはずだった原稿を、三カ月遅れで提出しようと思い立ったのも、心の余裕が生じたからだ。だが、その矢先にまたもこのトラブルだ。

しかし、記憶を手繰るうちにショックの一撃が去り、少し冷静になってきた。そして、バックアップ自体は変化していないはずだと思い到った。

ではまず、バックアップの中に「火事の顚末」があるかを確かめてみよう。

私は気を取り直して「バックアップ」とマジックで黒々と手書きしたDVDを探し、パソコンに入れて開いた。

中にはエッセイのフォルダがある。ダブルクリック。文書のタイトルをひとつずつ、ゆっくりと見てゆく。ない。もう一度見直す。やはりない。

これで、バックアップの中には「火事の顚末」がないことが判明した。

それでは、六月まで使っていたパソコンの中を見てみよう。

「火事の顚末」はこのパソコンで書いた。ここになければプリントアウトした文書を探し出して打ち直さなければならない。文書がなければ、初めから書き直しだ。

私は最悪の事態も覚悟しながら、一縷の望みを託して、大昔のデスクトップ型のアップルに重ねてあった壊れかけの古いノート型パソコンを恭しくテーブルに置き、腫れ物に触るよう、恐る恐る、立ち上げてみた。

ネットにつないでいないので、セキュリティーは取り外してある。そのためかどうか、二度目で見事に立ち上がった。

エッセイのフォルダを開く手の動きももどかしい。気が急いた。

ずらりと並ぶタイトルを端から改めてゆくと、「あった！」

「火事の顚末」の文字。

開いてみると懐かしい文章。「よかった！」

安心したところでフォルダを点検すると、項目数は九二の表示。ＤＶＤに入っているものより多い。なぜフォルダごと移したのに三分の一が入っていないのか分からない。でも、もう理由などどうでもよい。

操作に注意を払いながら、もう一度、ＤＶＤ経由で、新しいパソコンに移した。

新しいパソコンの画面に、「火事の顚末」が表示される。

「偉い！」

思わず画面を撫ぜた。引越し完了だ。

秋風とともに、生活が旧に復してきた。

着付け折り紙論

「おかあちゃま、もう着られるようになったの？」

ひと月前から通い始めた着付け教室の準備をしていると、三男が声をかけてきた。

「一応はね。でも着方を知ってるのときれいに着られるのとは大違いでしょ。ほら、鶴の折り方を知っててもきれいに折れるとは限らないじゃない」

「ああ、嘴んとこがつぶれちゃったりね」

「そうそう、だから練習がいるわけよ」

体の曲線にあわせて裁断し、ダーツまで取ってある洋服とは違って、着物は平面的で直線的だ。畳めばぴたりと長方形に収まるそれを、身体に沿わせて着こなすには当然技量が要求される。教室でコツを教わるにつれて、折り畳んだり、線を合わせたりと、折り紙と共通した部分が多いと感じ始めていた。

長襦袢から手順を踏んで、襟合わせやおはしょりの始末、おくみ線を合わせるなど、要所要所のツボを押さえていかないと、最初に折る三角の端がずれていた折り紙のように、ぐずぐずと折り目の通らない仕上がりとなってしまう。

いわば『着付け折り紙論』とでも名付けたい自説を息子相手に初めて口にしたわけだが、この喩えはけっこう説得力があったようだ。私に注がれる彼の眼差しには心なしか特殊技能者の卵に対する尊敬の色が浮かんで見える。

こうなると、別に自分の腕そのものが上がったわけでもないのに、着付けの奥義に一歩近づいたような、妙な自信が湧いてきた。

ここは一発一念発起。前回までの織の着物からワンステップ、着づらいといわれている染めの着物、いわゆる『やわらかもの』を試してみよう。

和箪笥を開けて見繕うと、一度も袖を通していない白地に扇面や四季の草花を染めた小紋を発見した。取り出して畳紙《たとう》を開く。

帯は……と一瞬考えて、白地に黒の独鈷《とっこ》柄、名古屋帯の定番、献上博多帯を合わせてみることにした。

さて、小物はと……。

着付けの道はまだ半ばながら、着姿をあれこれと想像して楽しむ気持ちだけは、もう一人前の和装人といったところである。

何事も経験と

「六月十六日の在校生就職支援プログラムのお手伝いをお願いいたします」

五月十五日に舞い込んだメールの主は、私がメンバーになっているTWN・稲門女性ネットワークのF幹事長だった。

この会は数ある早稲田大学の同窓会・稲門会の支部のひとつだが、メンバーが女性であることと、女子学生・女子留学生支援のために奨学金を出していることで、異彩を放っている。

とはいっても、私も昨年秋まではこの会の存在を知らず、たまたま、戦没学徒の慰霊祭で知り合った早稲田の先輩（この方は、早稲田のみならず、桜蔭の先輩でもあった）に勧誘されて、入会することになったのだ。

ここはひとつ引き受けておこうと、受諾の旨をメールした。

「専業主婦歴三十年、職歴なし」であることは、今年の新年会で披露済みだ。お手伝いとはいっても、会場整理ぐらいしか回ってこないだろう。気楽に考えていた。

翌日のFさんからのお礼のメールには、これからは当日の責任者のTさんという方から直接連絡が入ると書かれている。念のためアンチスパムフォルダーを覗くと、もうすでに「TWN・T」の文字。早速開いた。

挨拶に加えて、当日のタイムスケジュールの下にさりげなく一行。

「東野さんは、M幹事と〈マスコミ分野〉を担当していただきます」

スケジュールによると、全体会の後、学生は各々の志望分野に分かれることになっている。そこでは、その分野で活躍している同窓生二名のミニ講演と、質疑応答が行なわれる予定だ。その分科会を担当することになる。

「担当って何するんだろう」

具体的な指示はない。よっぽど「ご連絡ありがとうございます」メールに、「担当とは何をいたしますのでしょうか?」と書き入れようかとも思ったが、かえって意欲的だと誤解されても困るので、そっとしておくことにした。それに、当日のみの手伝いで、集合は全体会の三十分前とあるから、そんなに準備のいることでもあるまい。楽観的に考えて二日過ぎた。

Tさんから重ねてメールが発信された。

「東野さんとMさんには、司会と記録を担当していただきます」

会場整理じゃなかったんだ。楽観の下に閉じ込めていた悪い予感が的中といったところだ。

マスコミで活躍する講演者とマスコミ志望の女子学生が集う分科会の司会なんて、考えただけで頭痛と悪寒がしてくる。でも、考えてみればMさんという方が幹事なのだから、この司会役は彼女が引き受けてくださるはずだろう。私が心配することではないと思われてきた。こちらはICレコーダーでも携帯して記録係を引き受け、平行して要点をメモって、後でレコーダーと照らし合わせれば報告書も容易だ。

シミュレーションが気持ちを軽くしてくれた。

就職活動歴ゼロの私が就職支援活動のお手伝いとは、何たるミスキャストと思っていたが、息子が三人いたおかげでのPTA役員歴十数年、気がつくと講演会などの準備・運営には慣れていた。

思ってもみなかった巡り合わせで、母校のお手伝いとなったが、ここはひとつ、後輩の役に立ちながら、自分の経験も増やしてゆこうと、当日を楽しみにしている。

支援の理由

二〇〇九年一月三十日、所属しているボランティアグループ「ALFS〔Asia-Pacific Ladies Friendships Society〕（アジア婦人友好会）」で、バングラデシュに新設されたアジア女子大学についての勉強会があった。

ＡＬＦＳとは、「アジアの平和・繁栄なくして日本の平和・繁栄はない」との精神から、一九六八（昭和四十三）年、当時の外務大臣・三木武夫夫人・三木睦子さんをはじめとした政財界人、外交官の夫人たちが中心となり、アジア諸国の駐日大使及び大使館職員の夫人たちが加わって、設立された会である。

私は、予《かね》てから、「ＰＴＡが終ったら入るといいわ。視野が広がるから」と、会員である主人の妹から誘われていたので、三男の大学入学を待って、三年前に入会した。

現在の会員数は約三百八十名（内・日本人会員約二百五十名）。チャリティーバザーやチャリティーゴルフ会を開催し、その収益をメンバー国（アジア及び大洋州・現在二十四カ国）に平等に分配することで各国における子どもと女性たちのボトムアップや社会参加の支援を行い、加えて、文化交流会や勉強会、親善旅行の開催により、会員の交流と相互理解を図っている。

今回の勉強会はこの親善旅行に関係したものだ。旅行は、年一、二回開催され、昨年は二月にバングラデシュ、六月にモンゴルが予定されていたが、バングラデシュは現地での鳥インフルエンザ発生のため、出発一週間前に急遽延期となった。それが今年の二月中旬に実現の運びとなり、この勉強会が計画されたのだ。

バングラデシュ旅行には、私は昨年の時点では参加予定だったが、今年になってみると、我が家のリフォームが終わらない、三男が就職活動中、長男一家が三月に引越しをする、など、一つ一つは決定的な理由とはならないものの、複合的にどうにも家を留守にし難い状況となり、参加を見合わせた。ただ、昨年一度参加を決め、それまでの勉強会などにも出席し、バングラデシュにおける女性支援の一環としてのアジア女子大に関する予備知識と関心があった。そこで、今回の勉強会には出席することにしたのだ。

当日は会場のバングラデシュ大使館に、旅行参加者約十名を含む二十数名が集まり、講師のキャシー松井さんを迎えた。彼女は、昭和初期に奈良県からカリフォルニアに移住し、花農家として大成功（蘭の生産、全米シェア二十五パーセント）を収めたご両親（彼女の言を拝借すれば「おせちはすべて手作りで、日本国内よりも日本的な生活」をなさっていらっしゃるとのこと）を持つ、日系二世の四十四歳。ハーバードとジョンズ・ホプキンズ大を卒業後、ゴールドマン・サックス証券に入社。現在は同社のアジア部門の統括を務める傍ら、アジア女子大の理事を務めていらっしゃる。

キャシーさんは、まず、アジア女子大の支援活動に加わったいきさつを、◎社会から受けた恩をいつかは返したいと思っていたが、ただ、そのようなボランティア活動は仕事の一線を退いた後のことだと考えていた。◎しかし、八年前に入院を経験し、できることをできるうちにと考えるようになった。◎四年前、バングラデシュ出身のハーバードの後輩からアジア女子大の開設を知らせるメールが届き、協力を要請された。と、正確で丁寧、かすかに関西風なアクセントの感じられる、幾分早口な日本語で簡潔に語り「高等教育こそが女性の地位向上につながる」とアジア女子大設立の意義と重要性の説明を始めた。

アジア女子大は、様々な理由から女性が高等教育を受け難い地域（バングラデシュ、カンボジア、インド、ネパール、パキスタン、スリランカ《以上の地域からはすでに学生が入学している。キャンパスの建設はまだなので、アクセス・アカデミーという準備校で授業を受けている》、他にラオス、ベトナム、アフガニスタンなどの八地域を想定・但し日本は含まれていない）の女性に高等教育を与える目的でバングラデシュのチッタゴンに設立される。バングラデシュ政府が五十ヘクタール余の土地を供与し、ここにキャンパスが建設される予定だ。

建設資金や運営資金については、既に欧米の財団（ビル&メリンダ・ゲイツ財団、ゴールドマン・サックス財団、シティ・グループ財団などなど）からも財政支援を受けているが、日本からの支援も大いに期待されているという。

特に日本が支援すべき理由としては、◎日本の学生の受け入れは想定されてはいないが、アジアの様々な地域から入学してくる「将来活躍するであろう優秀な女性たち」を日本が支援することは、日本を認知させることになり、それは日本の国家にとっても、また、企業にとっても有益である。◎出身国、文化、宗教などの違う女性たちが共に学ぶことは、相互理解を深めることになり、アジアの安定と協調につながる。◎女性に高等教育を与えることは、彼女たちが家庭を持ち、母になった場合、その家庭の生活水準や子どもたちにも、彼女の受けた教育の成果が波及するので効率がよく、迅速なアジア地域の発展と繁栄につながってゆく。◎従って、アジア女子大への支援は日本を含むアジア地域の経済的繁栄への投資である。と、キャシーさんの説明は明快で、しかも、いかにも卓越した証券アナリストらしい表現だ。

やがて終了時刻になろうという頃、彼女はアジアの女性への高等教育の重要性にもう一度言及した後、さらりと、こう言葉を継いだ。

「実は私の両親も、小さいですが、財団を持っています。子どもにはお金を残さないといって、地元の高校生を支援しています。毎年奨学金を贈って、ゼロになるまで送り続けます」

いきなりどんと胸を突かれたような衝撃で、私は彼女の言葉に聞き入った。

働き続けて今の財産を築いたご両親は、その財産を、今までお世話になった社会に還元したいと考えたのだという。身ひとつで、ほんの僅かなお金しか持たずに渡ってきたご自分たちと、アメリカで生まれた、キャシーさんを含む四人の子どもたちを、ここまで導いてくれた社会への感謝の気持ちからだそうだ。

キャシーさんはこんなに素晴らしい話を、まるでランチまでの時間調整ででもあるかのように、淡々と語った。だが、「社会への感謝」という、投資などとはかけ離れたご両親の無私の行為は、ハートを鷲摑みにされるような感動を私の中に呼び起こしていた。

分けても、私が何よりも心打たれたのは、ご両親の「潔さ」だった。きっと私の中に「潔さ」を尊しとする日本人のDNAが存在していて、それが、ご両親の行動に激しく共鳴したからに違いない。

「ご両親のお話しに感動いたしました。本当にすばらしいお話を伺わせていただきました。ありがとうございます」

ランチタイムに、キャシーさんが偶近《たまたま》くにみえたので、挨拶の後、こう話しかけた。

「ありがとうございます」

彼女は慎ましく応えた。その態度は、彼女が「日本よりも日本らしい」と形容していらしたご両親との生活から形成されたものだろう。私は彼女の中の日本人DNAを感じた。

――支援は投資と説きながらも、彼女は、私利私欲とはかけ離れた潔いご両親の行動を、誰よりも誇らしく思っていらっしゃるはずだ。いや、アジア女子大への支援が投資と説くこと自体、日本や欧米諸国の財団や企業の寄付を仰ぐための、彼らの気質を知り尽くした彼女の戦略にすぎないのではなかろうか。高等教育を得て世界に羽ばたいている彼女は、教育の大切さを身を持って経験している。その彼女の本来の思いは、見返りなど望まず、ただ純粋に、経済的、文化的、宗教的などの様々な原因で羽を捥《も》がれてしまう女性たちに、教育という決して捥ぎ取られることのない翼を与えたいだけかも知れない――。

そんな想像を巡らしながら帰途につくと、降りしきる冷たい雨も気にならなかった。

そして今も、キャシーさんのご両親の話は、深い感動の余韻を私に残している。思い出すたび、澄んだ水に胸の中を洗われるような清涼感で満たされてくる。

コロンブスのひらめき

今日は第二回東京マラソン。三男は所属する陸上部に依頼のあったバイトで、カメラマンを乗せた日本テレビのバイクに伴走して道路整備をする。

カメラのターゲットがタレントランナーなので、集合は十一時に日本橋。その後、日本橋と浅草を往復することになるのだという。

「ほら、もう始まってるわよ」

九時十分の号砲で長蛇の列のランナーが動き始めたのを、身支度中の三男に知らせた。

「始まった?」

しばらくしてリビングにやってきた三男は「あーあ、来年は選手で走りたいなあ」と、うらやましそうに画面を見つめる。「出たい、出たい」と言いながら、何となく申込みの機会を逸してしまったのだ。

「来年はちゃんと申し込みなさいよ。応援にいくから」

私だって楽しみにしていたのにと、ちょっと不満な気持ちもあるが、まあ、出がけに悶着は無用だ。視線を画面に戻すと、ちょうど先頭集団が給水所に差しかかっている。

「あっ、ペースメーカー、親切! ほら、取ってあげてるでしょ?」

息子の指摘通り、両手に給水の紙コップを取ったペースメーカーが、取り損ねた選手を探すように周りを見回している。

「知ってる? これ、つぶして飲むんだよ」

「つぶす? コップを?」

画面を注視したが、誰もコップをつぶしているようには見えない。

「?」を貼りつけたような私の様子だったのだろう。息子は得意そうに、「ほら、こうやって」と、ミトンをはめたような手つきで顔の前にV字を作り、親指と他の指を合せた。なるほど！　コップの飲み口はつぶれて縦長になる。

「こうしないと、横から漏れて、飲みにくいんだよ」

「へえ、発想の転換ね。コロンブスの卵だわ」

こう言葉を発した時、この言葉が、自分自身の聴覚を刺激して、脳の中で発光した。デジャブ！　既視感！　いや、正確には「視」ではない。こんな感覚を経験したことがあるという感覚。いわば「既感感」。

コップをつぶして飲むという発想と共通する何かで、今と同じように、突然視界にもっと明度の高い光が急に差し込んだような、唐突で新鮮な驚きを感じたことがある。

そう、その時、今と同じ言葉を発した。だから、この言葉に「既聴感」があるのだ。

頭の中で、発光が消えないうちにとばかり、慌てて脳細胞が立ち上がり、記憶のデータベースを検索し始めた。検索ボックスには、この「既感感」と「既聴感」

私は脳細胞を助けて、「そんなに前のことではないような……」「それほどドラマティックな出来事ではないような……」と、おぼつかないまでにも、断片的なヒントを投げかける。

あわただしく出かけてしまった息子を見送ってリビングに戻っても、視界には目前のテレビ画面ではなく、自分の脳内を照らしている明かりが感じられる。文字通りのサーチライトだ。

しかし、もどかしい気持ちが募るのに反して、容量の小さいパソコンが通信量の小さなインターネットに接続されているように、検索の動作は鈍い。

記憶力の衰えを我ながら情けなく実感し始めた頃に、ようやく検索ボックスの二頁目を満たすシーンが目の前によみがえってきた。

「ゴマ団子！」

そう、これだ！　よくぞ思い出した！

自信を失いかけていたのもどこへやら、現金なもので、自分で自分を褒めてあげたい心境。

それは、友人に誘われて参加するようになった、月に一度の「美食会」なる、ちょっと贅沢な中華料理のランチ会での出来事だった。

この会の主催者は馬先生。清朝貴族のご出身で御年九十歳。長年に渡って料理研究家として中国料理を指導なさり、著作やテレビ出演により日本の一般家庭に中国料理を根づかせた方といわれている。

その先生経営の三田「華都飯店《シャトー》」で開催された「美食会」で、デザートにゴマ団子が供されたことがあったのだ。

はち切れんばかりに脹らんだ直径五～六センチの大ぶりの球形。香ばしい揚げたてのゴマ団子が、白い粉砂糖の添えられた大皿で回転テーブルに運ばれてきた時、誰ともなく「おいしそう」という声が上がったほど、それは見事な出来栄えだった。

「でも、ちゃんと取れるかしら」

ころりと粗相でもしたら大変と、手をつかねて一瞬の躊躇を見せるメンバーに、馬先生はこともなげに「箸で押さえてお取りなさい」と仰る。意味を取りかねて「?・」の面々。すると馬先生はテーブルを回して大皿を引き寄せ、取り箸を取り、きれいに揃えて、ひとつの団子を上から押さえつけたのだ。

「あっ」と声ともつかない驚きがテーブルを覆う。先生はきれいにパールピンクのマニュキアを施した華奢な指で箸を操り、円盤型になったゴマ団子を挟み、粉砂糖につけてから取り皿に移し、子どものような笑顔と得意げな視線で、テーブルを見渡した。

「つぶしちゃっていいんですね」。「考え付かなかった」。「こうすれば取りやすいですよね」一同が思い思いの感想を口にしたこの時に、私は隣に座る友人に「発想の転換ですね。コロンブスの卵ですよね」と言葉を発したのだ。

せっかく心して球形に調《ととの》えられたものを、いきなりつぶすという発想を、私は持ち合わせていなかった。それを鮮やかな手つきでプシュッとばかりつぶして見せた先生。

この行為が、固定観念が打ち破られる爽快感を私にもたらしたのだった。

危うく記憶の底に埋もれてしまいそうだったこの感覚を、給水コップのおかげでまざまざと思い出すことができた。馬鹿のひとつ覚えのようなワンフレーズ、語彙の乏しさもたまには役に立つものだ。

これからは人の固定観念を破る側にも回ってみたいと大それた欲を出しながら、私はようやく落ち着いてマラソン画面に集中し始めた。

大阪発

一月十日。つけっぱなしにしていたテレビに、面白いニュースが映し出された。大阪に水陸両用観光タクシーがお目見えしたということだ。

「水の都大阪を実感してほしい」とは、運行を行うタクシー会社とＮＰＯ法人の弁。文章教室での黒木さんの猪牙舟乗船記を連想しながら、大いに興味をそそられた。車両はジープをもっとがっちりさせたような形状でドイツ製。陸上では時速百四十キロの走行能力があるが、水上ではスクリューを使用して約十五キロとなる。遊覧船よりも水面が近く感じられるそうだ。

遊園地の下手なアトラクションよりよっぽど面白そうだと関心していると、続けてニュースが伝えるには、大阪、神戸ではもう既に水陸両用観光バスが運行を始めており、好評なのでタクシーも、となったそうだ。

画面は、骨太の車体で躍動感豊かに路面を疾走するタクシーが、水際で車体後部に格納されていたスクリューを降ろし、褄《つま》を抑えて足元を気遣いながら爪先で水たまりに足を踏み入れる和服の女性さながら、静々とお堀に入り、やがて水鳥のように優雅に水面を進んでゆく情景が映し出されている。男性的な陸上での姿と、女性的な水上での姿が好対照で、笑いを誘われた。

「渋滞の時にはいいでしょうね」とはキャスターの感想。

一度乗ってみたい。珍し物好きの旅ごころはかき立てられている。

ミステリアス！　ミッシングリンクは……

「不思議な夢を見たんですよ。電車に乗って、『飛田給』っていわれて、『降ります』って飛び降りたの。何の関係もない駅なのに……」

遅刻して入室した文章教室では、三宅先生が、ご自身の不思議な夢を語っていらした。

「飛田給ってマイナーな駅ですよね」

千歳烏山育ちで京王線沿線が生活圏だった私はこう応えたが、頭の中では「飛田給」の音が入ってきたと同時に、A子ちゃんの顔を連想していた。小麦色のまん丸い顔にショートカットの黒い髪、深く切れた大きな瞳が印象的だ。彼女は、長男の小学校三年から六年の時のクラスメイトで、飛田給に住んでいた。

そのA子ちゃんの記憶はある事件と結びついている。

――あれは三年の時だったか、四年だったか――。長男が二十九歳であるから、もう二十年ほど前の出来事だが、DVDのように色鮮やかに脳裏に再生され始める。

思考を巡らせかけたところに、「飛田給とこれから何か関係ができてくるのかも」と興味を持たれているご様子で夢の話を締めくくって、授業を進められようとする先生の声。

私も、タイトル「飛田給のA子ちゃん」の脳内DVDを一時停止して、配られていたお仲間の作品を揃えようと手に取った。真上に先生が配ってくださったらしい「白い家の少女」というプリントがある。

『乙女座』『ぼく、男の子だのに』の活字がほぼ同時に目に飛び込んできた。

――えっ？　これはまるで、私の記憶がこぼれおちたような活字！――。

どういう巡り合わせだろうと不思議な思いに囚われかけたところで、発表の順番一番指名。

「不思議」に浸るのは一時お預け。

授業後、家に帰る道すがら、DVDの一時停止を解除。

そう、あれは確か長男が四年の時だった。同じクラスにK君という友達がいた。

彼は『乙女座』生まれであることをことのほか気にしていたのだが、それを知って「『乙女座』の男の子なんて気持ち悪いよね」と聞こえよがしに女の子たちと話し始めたのが飛田給のA子ちゃん。

K君が「気持ち悪いって何だよ！」と横からA子ちゃんを突いた。

当然、A子ちゃん一派から「何するのよ！」と総攻撃。

たじたじのK君に加勢したのが我が家の長男。よせばいいのに、二人で体操着袋や何やらでA子ちゃんたちを叩きまくったものだから、騒ぎが大きくなり、担任の先生の逆鱗に触れることになった。

先生は息子たちを叱っただけではすまされないと考えたらしい。怒り心頭といった声で、我が家に事件の詳細を告げる電話をよこした。

もちろん私は平身低頭。A子ちゃん宅にもお詫びの電話を入れるなど、謝りまくって過ごしたのだった。

このような経緯から、私の脳内の連想網は、「飛田給」と『乙女座』の男の子」ががっちりと太い線で繋がっている。世界広しといえども、こんな連想をするのは私と長男ぐらいなものだろう。

なのに、よりによって他の人には何のつながりも見いだせないこの二つの言葉が、同じ空間、同じ時間に出現するとは、何という偶然だろう。

そしてそこには、この二つの言葉を繋ぐことのできる私という存在もあったのだ。

ミッシングリンクは私。不思議な思いに囚われ続けている。

生活点描

心配

三十年来のフィギュアスケートファン、別けてもアイスダンスファンを自認する私にとっては最悪の事態が発生した。

ＴＢＳ、フジに負けじと、フィギュアスケート・グランプリシリーズの放映権を取得したテレビ朝日が、これも負けじとばかり、同じシーンやインタビューの繰り返しを挟み込んだ放送を始めたのだ。しかも、地デジもＢＳも、ミキティーと真央ちゃん尽くしの似たような内容。

フジやＴＢＳも、やはり同じシーンやインタビューを延々と続けてはいたものの、ＢＳではアイスダンスとペアを放送していた。今から思えばまだましだったことになる。あんなに、がっかりうんざりしていたのが、今となっては、全くの「憂しとみし世ぞ今は恋しき」状態だ。

初戦のアメリカ大会に続いて、今週のカナダ大会も、地デジ、ＢＳともにアイスダンスを放送する気配がないので、とうとう、業を煮やして局に電話をかけてみることにした。

新聞掲載の番組表の上にはテレビ局の視聴者用窓口の番号が載っている。地デジのテレビ朝日にかけてアイスダンスの放送予定を聞くと、「ありません」とにべもない返事。しかもBSは局が違うので分からない宣うので、「視聴者からアイスダンスも放送してほしいとの声があったことを記録しておいてください」と念を押して電話を切った。

次にBS朝日にかけると「こちらでは放送予定はありません。アイスダンスはCSのテレ朝チャンネルで放送します」と貴重な情報が飛び込んできた。

「CSってスカパーですよね？　チャンネルは何番ですか？」

畳みかけて聞くと「ちょっとお待ちください」と時間がかかりそうなので、「あっ、いいです。こちらで調べます」と断り、電話を切りながら、「スカパー、スカパー」と廃棄予定の古紙の山へ猛ダッシュ。スカパーからは月刊の情報誌が届いているが、ドラマセット・六チャンネル分しか契約していない我が家にとってはあまり有益な情報はなく、毎月、資源ゴミへ直行となっている。

運よく、すぐに目指すA４判の冊子を発見。後ろ表紙のカスタマーセンターの番号を押す。甲高く流れる機械の応答に苛々しながら何回か番号をプッシュし続けて、ようやく人間の声に辿り着いた。

「チャンネル、増やしてください。テレ朝チャンネル」

月額六百三十円アップで視聴権ゲット。さっそく番組表を画面に映すと、次の土、日にフィギュアスケートグランプリの文字。

「やったね」

ほっとしながら手元の冊子を開くと、テレ朝チャンネルの広告が一ページ分見つかった。そこには『フィギュアスケートグランプリシリーズ２００７アメリカ大会、カナダ大会、中国大会、フランス大会』の赤い活字。これに目を通していれば、こんなにあわてることもなかったわけだ。

「でも、まてよ！」

背景の写真は真央ちゃん、ミキティー、高橋大輔君の三分割。本当に、アイスダンスを放送してくれるの？　気持ちの落ち着かない一週間が始まっている。

特典

「また、名前が書いてあるかも」と帰宅した三男坊が、郵便受けから『お得意様へのご案内です』と印刷されたオレンジ色のメール便を手渡してくれた。

先日も似たようなメール便が届き、中を開けたところ、大きく『東野明美様』と名指しで始まる案内文だったので、驚いたことがあったのだ。夏に太平洋戦争の記録ＤＶＤを買い求めて以来、同種の商品のこのような勧誘が続くようになっている。

ど真ん中に『昭和82年……　今がなぜかそう思えます。全てが心の拠り所となる素晴らしい写真をご覧いただけます』と印刷された表紙の綴じを破ると、予想通り『東野明美様』と気恥ずかしくなるような大きな活字から始まるご丁寧な書面が購買意欲をかきたてようと力を振り絞っていた。

ちょっと気を惹かれて斜め読みすると、区切られたセクションに『東野様には、なつかしく、珍しい特典もございます。お申し込み手続きはお早めにお願いいたします』とある。

横に並ぶ細かい文字に目を移すと、特典は「昭和二十年八月十五日　朝刊」と「復刻版『サクラ読本』（尋常科用小学国語読本）」

「懐かしいわけないじゃん！」と思わず一言。いったい何歳だと思っているわけ？　勝手に人の年齢、決めつけないでよ。

「懐かしい」特典目当てと思われては癪だから購入は無し。ご案内は捩じって廃棄と相成った。

生活点描　二〇〇九年が明けて

ひとり振り込め詐欺

帰り新参となっての文章教室でのこと、急に携帯が鳴りだした。

慌てて開くと、めったに電話などかけてこない二男からの着信。たいへんなことでも起こったのかと悪い予感が過《よぎ》る。

「失礼します」と教室を出るなり、携帯に向かって、「どうしたの?」と尋ねた。

「あ、今、どこ？　今、いいかな?」

聞こえてきた本人の声は落ち着いているが、ちょっと私に気兼ねしている響きだ。悪い予感は消滅し、『お金だな』っと、ピンときた。

「文章教室。お授業中だったの。それよりどうしたの?」と、一応尋ねる。

「ごめんね。あのぅ、いろいろあってさ、新年会とかさ、あと、後輩たちがバスケ優勝したし……」

三人の息子のうちで、一番口数の少ない子が、一生懸命語る。

彼は歯科研修医というワーキングプァだ。収入は国から支給される研修費・月額十一万円だけ。週五日制で一日十二時間労働なのに生活保護とたいして変わらない金額だ。

「いくら、足りないの?」

「うん、……三万?」

なぜか、語尾が疑問形に上がる。

「ほんとにそれで足りるの?」

「……うん。でも……それに、気持ちってあるとうれしい」

「じゃ、気持ち足しとく。口座に入れとくから、番号教えて。いま、分からないから」

彼は一応自宅通勤ということになっているが、研修先が横浜なのでウィークデイは先輩のマンションに泊めていただくことが多い。今夜も帰宅しないつもりで、資金確保の電話を入れてきたわけだ。

程なく口座番号を記入したメールが入り、そこには「お願いします。振り込め詐欺ではありません」と書き添えてあった。ご丁寧に、手と、目が×に変化する顔の表情の絵文字までついていている。普段のメールはいたって無愛想だからこれは大サービスだ。

お教室が終わってから、気持ちを足して振り込み、「今振り込み完了」の文字に♥と！を二つつけてメールを送った。

そして夕食の時、三男に、「ほら、このメール。絵文字入りなんて珍しいでしょ。可愛いよね」と、事の次第を話しながら見せた。

ところが三男には、二男のメールは可愛く映らなかったようだ。三男は、私が二男に甘すぎるといって少し不機嫌になりながら、こう断言した。

「でも、お金、絶対返ってこないんでしょ。振り込め詐欺と変わらないじゃない。ひとり振り込め詐欺だよ」

人生案内『ヨンさまのように』

読売新聞の『くらし・家庭』面に「人生案内」という欄がある。以前は回答着陣に、数学者の藤原正彦さんがいらして、表現も内容もユニークな回答を連発なさったので、それが目当てでよく目を通した。しかしその後、回答者の顔ぶれも変わり、最近では時々斜め読みするぐらいになっていた。

先日（二月四日）も、「楽しそうな元彼女許せない」という見出しに目が止まり、軽い気持ちで読み始めた。

相読者は三十代男性。約三年半交際していた同僚女性と、彼女の浮気が原因で一年半前に別れたという。相談着はショックで体重も減り、いまだに気持ちを切り替えられないのに、彼女のほうは職場の人間関係もうまくいき、楽しそうに過ごしていて、おまけに新しい恋の噂まである。ついつい彼女の身に不幸が起これればよいと考えてしまうが、どうすればこんな考えから抜け出せるか、教えてほしいという内容だった。

ご本人には悪いが、とてもありふれた相談だ。きっと「自分の内面を磨くことです」みたいな回答だろうと想像しながら目を走らせていくと、これが見事に裏切られた。

回答者は「女性からすれば『別れた男のしょぼくれた姿』は大好物です。私の経験からしても、女性たちは同情するどころか、その姿を見かけただけで、『私って罪な女』などとほくそ笑み、自身の御しがたい魅力を再確認して、ますます輝いてしまうものなのです。『彼女のことが許せない』のであれば、彼女以上に輝くしかありません（原文のまま）」と、相談者を大真面目に鼓舞し、「ヘアスタイルを整え、スーツを新調する。背筋を伸ばして颯爽と歩き、てきぱきと仕事をこなす。かっこいい男になるのです。それこそ職場の女性を全員悩殺する勢いで。そして彼女が近寄ってきたら、ヨンさまのように胸に手を当てて『どちらさまでしたか？』と首を傾げてやりましょう」と、演出家のような助言を続けている。

私はここまで読んで、掘り炬燵に入ったまま座イスにのけぞって、声をたてて笑ってしまった。そして、笑いながらの涙目で、回答者の名前を確かめた。いったい誰だろう。藤原氏に匹敵する名回答者だ。

欄の中央には「高橋秀実（作家）」とある。どんな作品を書いていらっしゃる方だろうか。回答者への募る興味は、後でパソコンを立ち上げて解決するとして、回答にはまだ続きがある。

「内面ではなく外面を磨いてください。姿が光れば『心の持ちよう』も明るくなるはずです」と、断じているのだ。

「内面の充実」とか「心を磨く」といった、ありがちな教条主義的精神主義を、あっけらかんと裏切っている。このセンスが、全く何の脈絡もない、突拍子もない連想で、戦時中のスローガン、「贅沢は敵だ」の「敵」の字の上に、「素」を入れた落書きの話を思い出させた。どちらも、精神主義的な価値観に縛られて楯つくことのできない「建前」を、本音で破るという、タブーを犯している。しかも、機知に富んだ表現で。

この素敵な回答者の高橋氏は、加えて、人を見る目も鋭いようだ。最後は「もし無理だと思うようでしたら、彼女のことはもう許してあげたらいかがでしょうか」と結んであった。

私はいっぺんに高橋氏のファンになった。

青い鳥は

「サクライ、いいよね」

「ね！　すごいよぉ」

「きっと住んでる世界がゼンゼン違うよね！」

「どんな世界だろ？」

小田急線急行の車内。背後から女の子二人の会話。新百合ケ丘で乗り込む時にちらっとみえた感じでは女子高生のようだ。

始めは学校の友人の話かと思ったが、どうもそうではないらしい。中吊り広告を見ながら話している気配だ。私は興味をそそられてそれとなく向きを変え、彼女たちの視線を辿った。カラフルな広告に話題の主らしい名前の活字が躍っている。残念ながら顔は思い浮かばない。

「お父さん、政治家なんだよね」

——政治家？　誰だろう？　本名かな——。

自然と彼女たちの話に引き込まれる私。

「幼稚園から慶応なんだよね」

——ああ、幼稚舎ね。あれは小学校。慶応に幼稚園はないから——。

「友達だって、みんな、きっとすごいよ。生活、ほんとに違うよ、ゼッタイ！」

「お父さんがすごいのかな。キャスターになったのも」

「妹も今度、日テレのアナウンサーになるんだよね」

――キャスターなんだ。じゃ、顔は見たことあるはずだ。うーん、思い出せない――。

私はどんな人物か興味を抱き、おそらくはテレビで目にしているだろうに、顔が思い浮かばないのがもどかしくてたまらなくなってきた。

「生まれた家が違ってたら、人生、変わってたよね」

「うん、でも、そういう世界にはそういう世界の苦労があるよ。きっと」

キャピキャピと声を弾ませて盛んに称賛したり羨んだりしていた二人が、急にしんみりとした口調になった。その変化の大きさに、私の興味は彼女たちのほうへ移った。

「うん。やっぱ、家がいいな。もし、こんど生まれるとしても、今の家がいい」

「うん。家、好きだし、お母さんとか、お父さんとか、好きだし」

私はこんな素直な思いをこの年頃の女の子たちが口にするとは思わなかったので、新鮮な驚きに打たれて、ゆっくりと頭を巡らして彼女たちの顔を、それと悟られぬように盗み見た。

二人とも、いまどきの女子高生らしくまつ毛をくるんとカールさせてマスカラをたっぷり塗っている。が、こんな会話を聞いてしまった後では、この濃い目のお化粧すら少し背伸びをしているようでほほえましく感じられてしまう。

――この会話をご両親に聞かせてあげたいな――。

温かい空気が胸の中に広がって、私は名残惜しい気持ちで電車を降りた。

第二部

愚息が三匹

極上の時間

今から十八年前、三人の息子たちがそれぞれ小三、幼稚園年中、一歳の頃のことだ。

子どもが水の中に落ちてしまう夢を見た。

追いかける私を振り切って、とことこと駆け出していった黄色い姿が、あっという間に道路脇の幅広い側溝に落ちてしまった。

助けようと飛び込んだとたんに日が覚めた。

「よかった。夢だった」

体中の力が抜ける。

子どもの事故や病気の夢から覚めた時ほど、ほっとするものはない。ただひたすら、ここにともに生きている喜びをかみしめる。

それにしても、妙に現実感を持った生々しい夢の記憶だ。我が子を飲み込んだ澱んだ水面が、くっきりと目に焼きつき、眩しく日光を照り返して目の前にうねる。

「そうだ。こうしてはいられない」

私は急に心配になって起き上がり、息子たちを見に行った。

まずはベビーベッドの中の三男坊。歩き始めたばかりで、起きている時には目が離せないが、いまは深く眠りに落ちて安らかな寝息を立てている。

ひとつ、二つとそれを数える。わが子の健康な寝息を数えていく時間は、子育ての忙《せわ》しなさを吹き飛ばす極上の時間だ。百まで数えて、立ち去りがたくてもう一度数える。

次に長男と次男の部屋へ向かう。

それぞれの布団を直しながら寝顔に見入っていると、長男がふっと目を覚まし私を見て、「お母ちゃま、どうしたの」と心配そうに小さな声をかけてきた。

「いやな夢を見たのよ」

夢の話をすると、

「死んじゃう夢はいやだよねえ。お母ちゃま、ぼくもお母ちゃまが死んじゃう夢見て、心配でお部屋まで見に行くことあるよ」

と思いもかけない言葉が彼の口から出てきた。

「えっ」

「お母ちゃまがいるとよかったぁって思うんだ」

私は熱い思いが胸から喉元に突き上げて布団ごと息子を抱き締めた。

親は子どもを心配する一方だと思っていたが、子どもからこんなにも心配されていたとは。温かい思いに浸りながら、ちょっと後ろめたいことがひとつ。

きっと長男は、夢の中の子どもは自分だと思っているのだろう。でもとこととこと駆けて行った黄色い後ろ姿は、紛れもなく三男坊だったのだ。

歩き始めて活発になり、危険も多くなった三男への心配が、きっとあんな夢を見させたのだろう。

忘れられない景色

「忘れられない景色ってあるよねぇ」

四年前のこと、中学三年の三男が言い出した。

「そうねぇ、どんな景色なの?」

何気なく聞き返すと、

「バスに乗せられて、お母ちゃまがどんどん遠くなっていった」

と、悲しそうな表情でぽつんという。

胸を衝かれた。あの時のことだ。私も覚えている。

バスママさん(幼稚園バスの世話係)に抱きかかえられて、泣きながら私に目で追いすがっていた三歳の三男坊。幼稚園バスのリア・ウィンドウの中で小さくなっていった青いスモック姿。バスが角を左へ曲がって見えなくなった時、私は何かとんでもない間違いをしでかしたような気がしてその場に立ち尽くしていた。

人に預けられるという経験がほとんどなかった彼にとって、いきなりバスに乗せられて私と引き離されたショックは人一倍大きかったのだろう。

目の前にいる三男に、泣いていた三歳の姿が重なって見え、突然視界がぼやけた。

「そんなに悲しいことだったんだ。ごめんね」

「うん」

上の子たちの通う小学校の付属幼稚園を受験させたくて、準備のつもりで週二回、別の幼稚園に通わせ始めた。それがこんなに辛い思いをさせていたのだと十二年経って知った。

子どもに善かれと思うのも、あくまで親の価値観の中でのことだ。引き離されたことが忘れられないというほど私を慕っていてくれたのに、何でわざわざ無理をして受験準備の幼稚園に入れる必要があったのだろう。どうして「受験させなければ」「合格させなければ」と頑なに思い込んでしまっていたのだろう。

この子だけではない。上の子たちも私の独断や思い込みで傷つけたことがずいぶんあるのではないか。

反省のうちにその日は暮れた。

バスに乗せられて泣いていた三歳の三男と、「忘れられない景色ってあるよね」と呟いた中三の三男。

どちらも私の忘れられない景色。

ともに生きる時間

陽光まばゆい競技場に鍛え上げられた肢体が躍動する。ここ多摩地区の陸上競技大会には、夏の練習成果を公式記録として残そうと多くの高校生が出場していた。

号砲がなるたびに競技場全体が歓声に包まれ、その中を健康で伸びやかな身体が疾走する。競技場周辺の通用路にはウォーミングアップやクールダウンのランニングをする子たち。芝生に並ぶ各校の陣地には、ストレッチに余念のない子、友達と談笑する子、円陣を組んで何やら真剣な表情の子どもたち。

今日はこの競技場を中心とした公園全体が若い命の息吹で満ち満ちている。

二年生の三男は八百メートル予選とマイルリレーに出場予定だ。予選を通過した場合には決勝にも出場する。予選八十九人中十二人が出場できる決勝に進出することが彼の目標だ。

友人たちがこのところ好記録を連発する中、彼はキャプテンでありながら膝や腰の故障で走れない時期が続いていた。それだけに今日の決勝進出にかける意気込みは大きい。その黙々と練習する姿を見てきた私は、決勝進出はともかく、よい状態で完走してほしいと祈るような気持ちだ。

いよいよ男子八百メートル予選が始まり、彼が入場してきた。緊張している胸の鼓動が聞こえるようだ。

音の途絶えた場内に号砲一発。飛び出した彼は「最初から飛ばす」といっていた言葉どおり一位をキープして力走する。トラック二周のレースの最終コーナーを抜けたところで大本命の記録保持者に惜しくも抜かれはしたが、自己ベストを更新して二位でゴールインした。

肩で大きく息をしながらトラックに一礼する姿を見て、私も呼吸することを思い出した。

この予選の記録で決勝進出が決まり、目標を達した彼はリラックスした走りで決勝を駆け抜け四位の成績を収めた。

見ている私もすっかり気が楽になって、久々に息子の勇姿を楽しんだのだった。

足取りも軽く帰宅して、笑顔で帰ってくるはずの三男を待ち構えていると、かなり遅くなってから帰宅してきた。

「どうだった」

玄関を入るなり、いつものように私の感想を求めたが、心なしか元気がない。

「おめでとう。頑張ったねえ」

と誉めても表情が冴えない。

それでもひとしきり試合の話をした後で、彼は私の顔をみながら暗い声で話し出した。

「今日は他の地区大会もあったんだ。そこに出てたH高校の選手、名前はまだ分かんないんだけど、トラックに引かれて脳挫傷で重体なんだって」

「ええっ」

私は言葉が続かない。

「帰りに先生が教えてくれて……。ね、かわいそうだよね。助かってももう走れないんじゃないかって。ね、かわいそうだよねえ……」

胸を塞ぐやりきれない思いを吐き出すように彼は言葉の最後に大きくため息をついた。

「かわいそうねえ。ご家族も何てお気の毒」

やっとそう応えながら、私は若さの真っ只中にある健康な肉体を襲った悪夢を思った。あの会場にいた高校生たちと同じように、事故にあったその生徒も引き締まった小麦色の肢体に汗して練習を重ねてきたのだろう。昨日の夜は三男と同じように試合に向けてユニフォームにゼッケンをつけ、スパイクを揃えて眠りについたのだろう。

その子が今、病院の集中治療室にいる。

「助かるといいねえ。助かってほしい」

「うん」

と応えた彼はその後、言葉少なだ。

それにしても、自分たちが明日どころか一瞬の後をも知れぬ身の上であったことを思い起こさせるのが、身近に起きた事故だというのは悲しい。人の不幸を前にして、「行ってきます」と出かけた家族が「ただいま」と帰ってくることが偶《たまたま》の幸運なのだと改めて思うのは、とても後ろめたい思いがする。

そんな思いの一方で、やはり今夜はいつもにも増して我が子がいとおしい。こうして今こここにともに生きて在る一瞬一瞬が、封じ込めておきたいほどかけがえのないものに思われる。伏し目がちに時折ため息をついている三男と、彼の話を聞いてからすっかり無口になった大学生の次男。誰も見ていないテレビがついた居間で、彼らもそれぞれの思いを胸の中で反芻しているのだろう。

今夜はこの息遣いをずっと聞き続けていたくて、私は「宿題」「勉強」と言いそびれている。

選ぶことと選ばれること

幼稚園からエスカレーターに乗って高校まできてしまった我が家の三男坊は、勉強の大切さを身にしみて感じたことがない。成績が悪くても気にするそぶりひとつなく、陸上部のキャプテンまで引き受けて、ひたすらマイペースで明るい楽しい学校生活を送っている。加えて母親の私自身が、上の二人にはかなり厳しく勉強のことを注意してきたにもかかわらず、末っ子の彼には上の息子たちから「三男じゃなくて孫みたい」とクレームがつくほど甘い。

しかしもう高二といえば受験も目の前、そうそう、うかうかしてもいられない。ここで気を引き締めなければ、きっと一生の禍根になる。遅まきながらそう思った私はせめて英語ぐらいは塾に通わせようと考え始めた。

本人に水を向けてみると、どういう風の吹き回しか、行きたいという。善は急げ、気の変わらないうちにと資料を集め始めたが、週に五日もクラブがあり、おまけに日曜日には試合が入る彼にはなかなか時間や内容のあった講座がない。

そんなとき、ちょうど目に留まったのが、一対一の授業を塾の教室で行うというK塾の家庭教師システムだった。

個人の学力に合わせて指導が受けられる点と、所在地が息子の学校に近く、通塾時間のロスが少ない点が気に入ったが、唯一最大の気がかりは家庭教師本人だ。指導力はもちろんだが、それよりももっと心配なのは思想や宗教の問題だ。宗教に絡んだ事件などで入信のきっかけが家庭教師だったということはままある。

そこでもっと具体的に知りたいと思い、早速問い合わせてみた。

すると、家庭教師の選任については、こちらの希望に合った候補を数名、塾が選び出し、その中から生徒と保護者が最終決定をするという方法で行い、授業が始まった後は、毎回家庭教師が保護者に報告書を提出、保護者は月に一回、授業内容や指導力、指導態度を評価し塾に提出するシステムとのことだった。

また、使用する教室は完全な個室ではなく、何組かの指導が同時に行われるような広い部屋でガラス張りのオープンな雰囲気だという。

これならと、ひとまず安心して、申し込んでみることにした。

こちらの希望する教科と曜日、時間帯、そして息子の気が散らないようにと男性の先生を指定した。

息子に申し込みをしたことを話し、

「気が散らないように男の先生をお願いしたからね」

というと、

「でも、女の先生だったら、休まないで熱心に通うことになったかもしれないよ」

と生意気なことを言う。

そんなこんなで親子ともども、楽しみにして待つうちに、六名の候補が挙がったと連絡が入った。

数日後、息子と二人、塾に出向いて候補を絞ることとなった。

改めてシステムについての説明を受けた後、机の上に六枚の身上書が並べられた。この中から私たちが第一候補、第二候補……と順位をつけて、それに従って塾が候補者と交渉をしてくれる。

こちらから希望したわけではなかったが、地理的な関係からか、全員一橋大学の学生だった。しかも皆一年生だ。

じっくりと一枚ずつ身上書を読む。

同じ大学の同じ学年の学生であるが、身上書は当然各人各様だ。

第一印象といえば写真だが、しっかりとこちらを見据えた表情もあれば、ぼうっと緩んだような表情もある。顔貌《かおかたち》はどうしようもないものだが、表情は別だ。ほんとうにこのアルバイトをやる気があるのか疑いたくなるような表情のものまである。

次に文字だが、丁寧に書かれた字もあれば、まるで殴り書きのようなものもある。上手下手ではなく、まじめさが感じられる字かどうかが問題だ。

そして最後が、書かれている内容だ。経歴、家族歴、趣味などの他に、どういう指導をしたいかを書き込む十行ほどの欄があったので、特にこの欄に注目して目を通した。

自らの体験に絡めて具体的に記述されているものから、ありきたりのことでやっと二、三行埋めただけのものもある。どちらを選ぶかはいうまでもない。

こうして一枚ずつ篩《ふるい》にかけて選んでいくうち、私は隣でやはり熱心に身上書に見入っている息子が、どういう基準で誰を選ぶのかと興味が湧いてきた。

一通り目を通したところで、第一候補から決めていくこととなった。

息子と結果を付き合わせてみると、彼の第一候補は私の第二候補の人だった。息子が第一候補に選んだ人は、写真から受ける印象も身上書の内容も一番いいと、実は私も思ったのだ。ただ私は、二番目にいいと思った人が息子の高校の出身だったので、息子の生活環境が分かるだろうとそちらを第一候補にしたのだった。

ここは本人の意思を尊重することにして、りりしい表情でこちらを見ている写真の彼を第一候補でお願いすることにした。

一週間以内にあるという連絡を楽しみに三男と二人、帰路に着いた。

「ねえ、どうしてあの先生がいいと思ったの」

「何かきちんとした感じでよかったから。お母ちゃまが一番にした人は神経質そうな感じがしたんだ」

「でも、ああやって自分が選ぶ方になると写真とか身上書とかいいかげんにできないってことが分かるでしょ。比べられるとか、選ばれるってこと、普段あんまり意識することないから、あなた今日はいい経験したと思うよ」

「指名手配みたいな写真の人もいたよね。パスだよね」

「何であんな表情の写真を貼るのかなあ。あれは見る人のこと考えてないよね。あと、あの書類の字、上手い下手じゃなくて丁寧に書いたかどうかよね。読める、読めないじゃなくて、その字を読んだ人がどう思うかってことを考えられる人かどうかよね。何で選ばれるために出す書類を、選ぶ人のことを考えて書かないんだろう」

「ほんとに乱暴な字の人いたよね。でも一番にした先生は字もきれいだったし、こんなふうに教えたいってちゃんと書いてあったし」

「そうそう、それがきちんと書き込んであったしね。殴り書きで二、三行しか書いてないような人もいたけど、あれじゃだめね」

こんな会話を交わしながら家まで帰り着いたのだが、けっこう息子が私と同じような視点で物事を見ていることが分かっておもしろかった。

しかしおもしろがってばかりもいられない。

「人の振り見てわが振り直せ」だ。いままでも上の子たちが願書などを書くたびに、読んでいただくものだからと注意はしてきたが、もう一度念には念を入れて彼らにも今日の話をしておこう。

人を選ぶ立場になるというめったにない経験をした我が家の三男坊。彼が選んだ第一候補の先生は写真と身上書から受けた印象通りのまじめで熱心な青年だった。

三男は今、英語が好きになりつつある。

ボランティア体験

高二の三男がボランティア体験をすることとなった。家庭科の夏休みの宿題である。

家庭科は八年前から男子高校でも指導することになったようで、当時在学中だった長男は主にクレジットやキャッチセールスなどの消費者教育を受けた。それが、四年前の次男の時には宿題としての調理実習が加わり、三男には、そのうえにこの夏休み中のボランティア体験が課せられていた。

過保護だとは思いつつも、我が家から徒歩一分のところにある保育園ならうってつけではないかと、

「ボランティアどうするの。あそこの保育園はどう」

と聞いてみたが、本人は

「だいじょうぶ。自分でやる」

といって取り合おうとしない。

しばらく放っておいて様子を見ることにした。

するとある日、ボランティアの予定を立てる友人たちの話に本人も急に不安になったようで、

「町田のボランティアについて聞いてみてくれない」

とわざわざクラブ活動中の学校から電話をかけてきた。

本来なら問い合わせから子どもにさせるべきだとは重々承知しながらも、

「分かった」

といそいそと引き受けてしまった。

早速問い合わせてみると、市の施設でボランティアをするには、まず指定された日に講習を受け、それから市内の各施設に配属されるとのことだった。

クラブの練習や合宿、夏期講習で埋まっている息子のスケジュールを考えると、応募は無理に思われる。

ここはもう人脈頼みでいこう。目標はやはりあの徒歩一分の保育園だ。次男の通った幼稚園の向かいに新しくできたもので、経営母体はその幼稚園だと聞いたことがある。

幼稚園に電話をかけ、園長先生に問い合わせてみるとやはり、

「保育園の理事長は私でございます」

とのことで、ボランティアの件を気持ちよく引き受けてくださった。

前もって本人を連れてご挨拶に伺うことにして準備完了だ。

当の本人は帰宅後、とんとん拍子に進んだ話にほっとしながらも、

「ご挨拶ってお母ちゃまもくるの」

とまるで迷惑そうにいう。

「当たり前でしょ。あなただけじゃ誰だか分からないじゃない」

答えはしたが、ひょっとしてこれは過保護か。いや、無理をお願いしたのだから礼を尽くすところを見せるのも教育のはずだ。ちょっと葛藤がある。

数日後、二人でご挨拶に伺った。

紹介だけして私は帰ってこようと思っていたが、先生方のあまりに丁寧な応対にきっかけがつかめないまま、息子と一緒にパンフレットをいただき説明を受けた。いつか我が家の息子たちも結婚して子どもができたら保育園が必要になるのだろうかと思うと、説明をを聞くのにも自ずと熱が入る。

その後一通り施設の中を案内され、行く先々で、

「今度ボランティアをしてくださるお兄さんです」

と紹介されると、小さい子たちから、

「かっこいい」

などの声があがり、息子は照れることしきりだ。

一通り見学してみると、保育士さんの数が多く、建物はまだ築一年ときれいで床暖房や清潔なトイレなどの設備も整っているので、ここはかなり恵まれた施設なのではないかと思われた。

息子も楽しみになったらしく、二日の予定でお願いしてあるものを、

「もっとできるかもしれません」

などと言い出した。

夏休みの宿題もほとんど手付かずなのにそれは困る。思わず顔がひきつりそうになるのをぐっと堪えて、にこやかに穏やかに、

「二日させていただいてから考えたら」

といってその場を収め、連れて帰ってきた。

さて、当日までに準備するものはエプロンだ。息子が合宿に行っている間に、濃紺のデニム地で男の子にでも似合うものを買ってきた。これをつけて小さな子の相手をする三男の、微笑ましい姿を想像すると楽しくなってくる。

そうこうするうちに合宿も終わり、ボランティアの当日がやってきた。

九時から四時までということで出かけていった息子をそわそわと落ち着かない気分で待つ。いったいどんな経験をしているのだろう。

四時を少し回った頃、

「ただいま」

と彼は元気よく帰宅した。

とても楽しかったと満足そうだ。

「三歳から五歳ってまだ小さいでしょ」

「うん、小さいよね。だから、どの程度の力を出せばいいのか分からなくて緊張しちゃった」

「男の子と女の子ってやっぱり骨格が違うでしょ。私、よそのお嬢ちゃんを抱いた時にあんまり頼りないんでびっくりしたことがあったわ」

「うん、ぜんぜん違うねえ。それから三歳ってまだもの分からないよね。『これ、やってぇ』っていうからやってあげてると忘れてどっかいっちゃったりするんだ。でも五歳だと話が通じるんだよね」

「そのあたりでだんだん人になってくるって感じよね」

いつまでも小さいと思っていた三男坊とこんな会話を交わすことができるとは。

翌日も楽しそうに出かけていった彼だが、五時になっても帰ってこない。どうしたのかと不安になり、五時半まで待って園に電話をかけてみると、

「子どもたちがなついているので『もう少しいます』といってくださってます。六時にはお帰りになるようにします」

という。

ずいぶん気に入られたものだと思いながら待っていたが、六時半を回っても帰ってこない。

これはもう見に行くしかないと保育園まで出かけていくと、門のところから玄関で先生と話しをしている彼の姿が見えた。何やら和やかな雰囲気で言葉を交わしている。

ここで出て行くのもおかしなものかと待っていると、程なく彼が門から出てきた。

「お帰り」

と声をかけると、

「あっ、きてたの」

とうれしそうだ。

「楽しかったの」

聞くまでもない彼の顔つきだが、一応尋ねてみた。

「うん、三人の子が抱っこやおんぶでぜんぜん降りてくれないんだ。甘えられたことなかったからすごくうれしくって、かわいいと思った」

「よかったわねえ」

甘えん坊だと思っていた彼が、精神的に成長しているのを感じて私はうれしかった。

「でもね、やっぱりお母さんが一緒じゃないのはかわいそうだよね」

「そうよねえ」

と応えながら、この子は母親が一緒にいることを幸せと感じてくれているのだと温かい思いに満たされた。

三男坊のボランティア体験、彼は一回り大きくなったようだ。

栄光の時よりも

高校陸上競技連盟東京都第五支部大会。二年生の三男は人差し指を突き立てた右腕を力いっぱい振り上げて八百メートル決勝のゴールテープを切った。

スタンドで息をするのも忘れて見守っていた私は、主人とともに飛び上がって喜び、瞼にくっきりと彼の勇姿を焼き付けたのだった。

この調子なら三週間後の都大会でも決勝にいけそうだ。あわよくば関東大会も目指せるかもしれない。親子揃って欲を出しかけた時、三男の体は思いがけない試練にさらされた。

まず、サッカーの授業中に右足首をくじき、それが直りかけると今度はアデノウィルスに襲われ、喉が腫れ上がり高熱を発した。

抗生物質と去痰剤の効果でどうにか都大会には出場できたものの、組最下位で予選落ちとなってしまった。

レース後、力なくうなだれている彼の後ろ姿を見ながら、帰ってきたらなんて声をかけようかと考えながら家路に着いた。

これはもう自然にするしかないと決めて、

「残念だったね」

と帰宅してきた息子に声をかけると、

「うん」

と、やはり元気がない。

「何か最初の三百はいけそうって思ったんだけど、その後ひとりに抜かれたら、何だか、もういいやって感じで終わっちゃった」

この言い方に私は内心むっとした。何が『もういいや』だ。しかしまあ、病み上がりだからしょうがないと胸をさすった。

ちょうどそこへ長男から電話があり、この話をすると、

「残念だったねえ。でも睡眠不足だから抵抗力がなくて風邪をひくんだよ」

と医者の卵らしいコメントを発した。

電話を切ってから、先日、似たようなことを、主人からいわれたのを思い出した。

確かに三男は慢性的な睡眠不足だ。それも眠そうにして早々に勉強を切り上げながら、何をするでもなくだらだらと起きている。

失敗を繰り返さないようにこの際いっておかねばと気負う気持ちがきつい言葉となった。

「今日の結果は残念だったけど、でもお父ちゃまもお兄ちゃまもあなたが寝不足だから風邪を引きやすいんだっていってるわよ。不摂生だって」

私のこの言葉はザシュッと三男を刺したようだ。

むかっとした時の癖で、ふてくされたように、

「寝不足じゃないよ。いつも授業中寝てるもん」

と嘯《うそぶ》いた。

この態度が私の怒りに火をつけた。

「あなたが陸上やりたいっていうからうちでも協力しているんでしょ。でもそれで授業中寝てるんだったら、もう学校行く必要ない！」

怒りに任せて言い募る私に、三男も失敗したと思ったらしい。

「ほっといてよ」

といいながらも勉強道具をそろえ、

「自分で考えて勉強するよ」

と自室にこもった。

ちょうどそこへ主人から電話があった。

「もっと早く寝なさいっていったら学校で寝てるなんていうのよ。それに一生懸命応援してるのに、『もういいや』って思ったなんて……」

憤る私を宥めて、

「違うよ。力が入らなかったんだよ。練習だってできなかったんだろ。走れなかったんだよ。それをちょっと強がっただけだよ」

と、主人は息子には優しい。

ひとしきり思いを吐き出して電話を切ると、今度は三男にもう少しやさしくしてやってもよかったような気がしてきた。

一時間後、二時間後と様子を見に行くと感心に勉強を続けている。

「大丈夫だよ。寝てなんかいないよ」

言葉はまだまだとんがっているが、声の調子は落ち着いてきた。

私の言い方もきつかったと反省する。でもね、本当はとっても期待してたんだ、あなたが決勝へ進むのを。


翌日、彼はこの日出場する部員たちの応援に出かけた。そんな彼を、キャプテンでありながら決勝に残れず、応援だけで一日過ごすのはさぞつらいだろうなと、心中を思いやりながら送り出した。

夕方になって、先に帰宅した長男に昨日の出来事を語っているところへ三男が帰ってきた。暗い顔を俯けて肩を落とし、靴を脱ぎながら低い声でポツリと、

「ご飯いらない」

とそのまま自分の部屋に行こうとする。

「どうしたの。なんかあったの。誰かに何かいわれたの」

追いすがって、尋ねる私に、

「何にもないよ」

とそっけなく応えて、彼は部屋にこもってしまった。

「どうしたんだろう」

と不安がる私に、

「あいつもいろいろあるんだよ。ほっとけばいいよ」

と麻婆豆腐をほおばりながら長男が応える。

これは三男の大好きなメニューだ。

食事もいらないなんていったい何があったのだろう。

心配で何度も見に行くがそのたびに、

「何でもないよ。大丈夫だよ」が繰り返される。

何度目かに見に行くとベッドに入って濡れた眼を真っ赤に充血させていた。「何でもない」わけがない。

これから病院に戻るという長男に、

「ねえ、眼が真っ赤なの。泣いてたんだと思う。ちょっと見てやってくれない」

と頼むと、

「えーっ、泣いてたっていいと思うけど」

といいながらも三男の部屋へ入っていってくれた。

しばらくして戻ってきた長男は、私が、

「どうだった」と聞いても、

「うーん、別にどうってことないんじゃない」と出かけてしまった。

しばらくたっても三男の部屋はひっそりとしている。見に行ってみると彼は頭まで布団をかぶってじっとしている。

「大丈夫?」

何度目かの同じ問いかけだが、さっきまでと同じ答えは返ってこない。無言のままだ。

「どうしたの。誰かに何か言われたの?」

私は、この彼の意気消沈の原因が昨日の不首尾を咎められたことにあるのではないかと考えていた。私の中にも彼を責める気持ちがあったので真っ先に頭に浮かんだのだ。

「ちがうよ。陸上部にはそんなヤツいないよ」

布団の中からくぐもった鼻声が強い調子で否定した。

「ちがうんだよ。みんなは一生懸命がんばってるのに、僕は誰にでもできること今日はやってただけで……。H(注・友人)なんて、百にも二百にも出て準決勝まで進んで、それにマイル(リレー)も決勝で四位であとちょっとで関東だっていけたんだ。あんなに活躍していてすごいよ。Hがキャプテンになればよかったんだよ」

涙声が堰を切ったように溢れ出た。

ああ、この子は友達には恵まれているのだ。皆が彼を思いやって何もいわないのが彼にはつらく、そういった友人たちの活躍がいっそう輝いて見えるのだ。

私には、友人たちの暖かい心遣いもありがたかったが、何よりも自分自身を情けないと思う三男の気持ちが嬉しかった。

「もう、つらいよ。あの支部大会からやり直したいよ」

ようやく布団を押し下げて彼は涙で濡れた顔を覗かせた。

「人生ってやり直しは利かないのよ。お母ちゃまだってこうして五十近くまで生きてきて、あの時こうしてればって思うことはたくさんあるけど、その時には絶対戻れないのよ。今これからしかないの。こっからがんばるしかないの。今あなたが失敗したと思うなら、これから失敗しないようにするしかないの。そうじゃないとまた、あの時に戻りたいって繰り返すことになるのよ。今も過ぎたらもうここには戻れないの。分かった」

私は力説した。これは最近とみに感じていることだった。私自身もこうして過去を悔やみそうになる自分を励ましていた。

「あの一位でゴールしたあなたはすばらしいと思うよ。陸上やってても大会で一位になれない人だってたくさんいるわけでしょう。それがあんな素敵な体験ができたんだもの。まぶたに焼き付いてるよ。死ぬ前に夢に見たい場面っていくつかあるんだけど、あのシーンも絶対見たいって思ってる。すごくいい思い出を作ってくれた。すばらしかった。でもね」

私は言葉を切ると彼の赤く腫れた目を覗き込んだ。どうしてもいっておきたいことがある。

「私ね、あなたがおとなになった時、あの一位をとったことを思い出して『あの頃はよかったなあ。あの頃に戻りたいなあ』と思うような人生よりも、昨日の失敗や今日の涙を思い出して『あの時の失敗のおかげでこうやってがんばってきた自分があるんだ』って思えるような人生を歩いて欲しいの。勉強だってそう。もっとやっとけばよかったじゃなくて、これからもっとやろうって思おう。ね、分かった？」

「うん」

彼は素直にこっくりと頷いた。

ウェーブのかかった髪をなぜてやると涙で濡れている。

「ねえ、もしも三十年後ぐらいにあなたの子どもが失敗して落ち込んでいたら、同じことをいって励ましてあげてね。お母ちゃま、もうその時にはいないかもしれないから。『お父ちゃまが失敗した時、お父ちゃまのお母さんがこういって励ましてくれたんだ』っていってあげてね」

身体を震わせてううっと声を上げて泣き出した息子を布団ごと抱き締めて、ぽんぽんと軽く叩く。

ひとしきり泣いた後、彼は素直に食事をするといって起き上がった。

「さっき、ひろ（長男）がきて五千円くれたの。おも（次男）には内緒だぞって。これでなんか買って元気出せって」

そうだったのか。彼には感謝だ。

「ありがとう」

長男にメールを送って、三男が少し元気になったことを報告した。

学力崩壊!?

古文奮闘

夏休みもカウントダウンに入っているのに、なかなか宿題がはかどらない三男坊。走ることと以外はすべてにスローモーションだ。

朝から古文に取りかかっているのに、昼近くになっても同じページを広げている。

「そんなに人の三倍も時間がかかるんじゃ、人の三倍長く生きないと普通の人と同じことできないでしょ。少しは早くしようと思いなさい。これからお兄ちゃまとお買い物行ってくるから、帰ってくるまでに古文、終わらせとくのよ」

たまりかねて私が声を荒げたので、そばにいた長男が、

「たいへんだね。古文奮闘だね」

と、場を和らげようとしてか、彼らしいひねりの効いた洒落を飛ばした。

思わず私は手を打って、「うまい！　座布団一枚」と、単純に機嫌を直して面白がったが、肝心の三男は何のことか分からないらしく、私の反応に、きょとんとしている。

その様子に私はピンときて、「でも相手が悪かったわね。この子、『孤軍奮闘』を知らない

のよ。きっと」と長男に告げると、

「何それ?」と、三男は恥ずかしげなくケロッと訊ねる。

「大勢の敵の中でひとりで頑張ること。お兄ちゃまはあなたがひとりで古文を頑張らなきゃならないので、上手に語呂合わせしたの、洒落よ」

こう説明しても三男はまだ分からないらしく頭にクエスチョンマークをつけたような表情を浮かべている。

これでは古文どころじゃない。日常会話の危機だ。まったく嘆かわしい現状。

Q・O・L

「おかあちゃま、Qで始まるキュアリティーって何?」

英語の教科書を開いていた三男坊が訊ねる。『キュアリティー』。すぐに私は彼の訊ねたい単語を察して、「Q、U、A、L、I、T、Y?」と、スペルを確かめた。

「それ、それ」

やっぱり。他にも『リプリー』と訊ねられたら、ピーンと「reply（正確な発音はリプライ・答える）」が頭に浮かぶなど、こんな勘が働くのも、偏《ひとえ》に怠け者の愚息たちのお陰というものだ。まあ、それはそれとして、私はここぞとばかり、空き領域がたくさんある息子の頭に、少しでも多く知識の断片を詰め込もうと張り切った。

「クオリティー。質、ほら、質がいいとか悪いとか、品質の質。似たスペルにQ、U、A、N、T、I、T、Yクォンティティー、がある。量って意味。量より質、クォンティティーよりクオリティーだね。ほら、この頃、Q・O・Lって聞かない？　クオリティー・オブ・ライフ、生活の質ってこと」

「知らない」

「たとえばスパゲッティーを巻きつけたみたいに管を体中につけて、薬漬けで、病院のベッドで二年間生きるのと、自宅で痛み止めを打つぐらいで、家族に囲まれて六カ月生きるのと、どちらが有意義な生活か考える時、それがQ・O・Lの問題ってなるわけよ。生きる長さより中身を大切にしようみたいに」

「安上がりだしね」

「そういう問題じゃないんだけど……」

ひとつの疑問をきっかけに、社会問題まで話題を広げようと意気込んだのに、せっかくの熱弁は肩すかし。会話は嚙み合わない。

地震速報

息子たちと茶の間で寛いでいる時、ぐらっと家が揺れた。

『すわ大地震か』と身構えていると、申し訳なさそうに小さな振幅でゆらゆらと二、三回揺れただけで、地震は収まった。

「どっかで大地震が起きていなければいいね」、「銚子（注・主人の赴任先）は大丈夫かな？」と口ぐちに心配しながらテレビをつけると、間もなくテロップで地震速報が入った。

最大で震度三、マグニチュード四・一の大きさに「そんなに大きくないね」とひとまず安心。

すると中三の三男が「マグニチュードって何？」と聞く。

「地震の大きさを表すものでしょ。『一』違うだけで、何倍も大きさが違うって聞いたような気がする」

と、ここまで応えて、『あれ？　そういえばこの子は最近、地震の勉強をしていたはずだ……』と思い当たった。

「あなた、こないだの地学、地震が範囲だったんじゃない？」

「ううん、もっと前。そういえば震源の出し方とかもやったなあ。ゼンゼン覚えてないけど……」

彼はけろっと恥ずかし気なしだ。

そこに大学一年の二男も、

「なっ、やったよなあ。でも俺、ゼンゼン分かんなかった」

と、むしろ得意気に参加。

「ほんと、地学、一番ヤバいよなあ。小学校じゃゼンゼンやんなかったし。月も地球も太陽も、どうなってるのかゼンゼン分かんなかったもの。先生、誰だった？」

と、大学五年の長男まで加わって、いかに地学が理解不能だったかを、お互いに自慢気に語り合い始めた。

『ああ、一生懸命収めた授業料は三人の息子たちにこんなに楽しい共通の話題を提供してくれているのだ』と、喜ぶべきか……。

ミトコンドリア

三男とテレビを見ていた時、親子鑑定ができない場合には母方の祖母のミトコンドリアを使って鑑定が可能であることが報じられていた。そういえば、ミトコンドリアは母親から遺伝するものと、昔、生物の授業で習った記憶がある。俄然、私は嬉しくなり、

「ミトコンドリアは母親から遺伝するんだから、あなたたち三人ともおかあちゃまのミトコンドリアを持ってるのよ」

と、誇らかに宣言した。

すると、「じゃあ、もう、行き止まりだね」と、三男が、小憎らしくも冷静に衝撃の事実を発見。

「ほんとだ」と私。愕然。悄然。

しばらくして帰宅した長男に「おかあちゃまのミトコンドリアは行き止まりになっちゃった」と訴えると、「そうともいえないんだ」と意外な答えが返ってきた。

「ミトコンドリア脳筋症っていう病気があって、普通母親がこの病気だと子どももそうなるんだけれど、父親がこの病気で母親が正常な時に子どもがこの病気になる時があるんだ。これで、父親のミトコンドリアも遺伝することが分かるんだ。精子のシッポにミトコンドリアがあるから、受精の時にシッポごと入ると父親のミトコンドリアも遺伝するんだよ」

「じゃ、まったくの行き止まりってわけじゃないんだ」

私のミトコンドリア、孫に受け継がれることはあるだろうか。

頑張れ!! シッポ!!

初めて知った!

これは便利

「葱貰っちゃったよ。鴨鍋にしよう、鴨鍋!」

十二月中旬の週末、主人が、段ボール箱いっぱいの日本葱を持ち帰ってきた。

聞けば、単身赴任先の銚子で友人夫妻が自家栽培の葱を使った鴨鍋を振舞ってくださり、それがとても美味しかったので絶賛したところ、今朝、東京へ帰る主人に取り立ての葱を届けてくださったのだという。

「鴨鍋？　ほんとにそんなに美味しかったの？　前に鴨のお肉いただいて作ったけどあんまり美味しくなかったじゃない」

私は懐疑的だ。以前、到来物の鴨肉で鍋を作ったが、口の奥にぬめりつく油の臭いと感触がどうにも美味とは思えなかった。

「葱をたくさん入れるんだよ。うまいよ！　びっくりするほど食べられるから」

何のことはない。もともと肉類が嫌いな主人のお目当ては、鴨の出汁で煮込まれた冬葱にあるようだ。居合わせた息子たちにも盛んに「うまいぞ」と売り込んでいる。「鴨が葱背負って」というくらいだから相性は折紙つきなのだろう。

息子たちも「おとうちゃまがよければいいよ」と、鴨鍋モードに入ってきた。

しょうがない。いつも食事は「何でもいいよ」の主人がここまでいうのなら作ってみよう。

「じゃ、鴨買ってこなきゃ。合鴨しかないかもしれないけどいい？」

「いいよ、いいよ」

主人は二つ返事。もともと肉などどうでもいいのだ。

「味はどんな味？」

「しょうゆ」

初めて知った！

簡単に「しょうゆ」といわれても困ると、鴨鍋を頭の中に描こうとした時、ふいに、肉や魚売り場の近くに鍋の素のレトルトパックが置かれていたのを思い出した。我が家の鍋はポン酢一辺倒とあって購入する気はなく、しっかりと見たわけではないが、いろいろな種類があったようだ。

「鴨鍋の汁も売ってるかもしれない。それでいい？」

「そんなものかあるのか。いいよ」

鴨鍋用があるかどうか分からないが、似たようなものはありそうだ。早速、町田小田急のデパ地下に向かった。

店内は相変わらずの混雑ぶりだ。精肉売り場の人垣越しにガラスケースを覗き込むと、鶏肉の隣に「岩手の鴨」と銘打った鴨肉を見つけた。もも肉がビニールでひとつ一つパックされている。量ってもらうとひとつ六百グラムほど。二つ買おうかとも思ったが、味に不安があったのでひとつに留めて、無難な鳥のつくねを同量買い足した。

目を転じると、小分けになった肉類を並べた冷蔵ケースの向こう側に、一リットル弱のレトルトパックに入った様々な鍋の汁が林立していた。

「キムチ鍋」「豆乳鍋」と並んだラベルを目で追うと、あった！「鴨鍋」。鍋の写真もパックに印刷されている。

二つ取って作り方を読む。

この汁を鍋に張って、スライスした鴨肉を煮てから、野菜を入れるとある。簡単だ。何て便利なものがあるのだろう。

写真で他の具材をチェックする。白菜、きのこ、豆腐、これなら冷蔵庫の中のもので充分だ。

鴨だから、赤ワインかな。帰路につく足取りも軽い。


まさか！


思いのほかに鴨鍋は美味しかった。

一人当たり二本見当で切った葱をもう一度追加して、肉や豆腐、きのこ、その他の野菜、シメの雑炊まで四人できれいに完食と相成った。

「たまにはこんな味のついたお鍋もいいわね」

片付けながら、「もう食えない」と反り返っている面々に声をかけた。

「『いつも』でもいいよ」

次男が応える。

「えっ、そうなの？」

「うん、ポン酢よりいいよ」

「えっ、ほんと？」

紅葉おろしを私と争う次男は、味覚が似ていると思い込んでいた。

「この頃は僕も飲むからそうでもないけどさ、ご飯は合わないでしょ」

飲酒しなかった頃はポン酢味は辛かったと宣う。寝耳に水だ。

「おかあちゃまは酸っぱいもの好きなんだよね。サーモンにもレモン、『かけすぎでしょ』ってくらいかけるし」

三男参戦。

「ポン酢だと、ポン酢の味しか、しなくなるよな」

駄目押しは主人。

我が家の鍋料理は、四リットルのキャセロール型大鍋に三回材料を投入し、その後、鍋いっぱいの雑炊となるのがお決まりのコースだ。まさかこの大飯食らいどもがポン酢味に対して密かな不満を抱きつつ、鍋の中身を平らげていたなんて思いもしなかった。

ポン酢に紅葉おろしと刻み浅葱《あさつき》が大好きなのは私だけだったのか。

鴨鍋には「！」の大ジメまでついていた。

四年一昔

十年一昔とはそれこそ一昔前のことで、近頃は四年一昔だと、若者の風俗や気質の変化をテレビの特集物が喩えていた。三年ほど前のことだ。

ちょうど四歳ずつの差で三人の息子たちがいる我が家では、この説に従えば、長男と三男では二昔違うことになる。

この話を当時大学五年だった長男にしたところ、「思い当たることばかりだよ。今年の一年には驚かされるんだ」と言い出した。

長男の属しているクラブでは上級生が下級生に食事をご馳走する習慣がある。原則として一年生は上級生と食事をした時にはお金を払う必要はない。もちろん彼も一年の時にはお世話になる側だったのだが、いまの一年は自分たちが一年だった頃とは大きく異なっているというのだ。

「俺たちは上級生から声をかけられた時だけ奢ってもらったし、その時だって上級生よりは高いもの頼まないように気を遣ったよ。でもさ、今年の一年ときたら、『おごってくださいよう』ってねだってきて、平気で俺たちより高いもの、頼むんだ。第一、口の利き方からしたってひどいよ。完全にタメ口だもん。何であんなに友達みたいに対等な口利けるのかなあ」

最後には腹を立てるというよりあきれ返っているのを見て、四年一昔という指摘に妙に納得したものだった。

あれから三年、まだ一昔には満たないが、大学四年になった次男がぼやいている。

「今年の一年生はひどいんだ。こっちがひとつしか頼まないのに平気で二つ頼むんだよ」

次男の大学も上級生がご馳走する習慣がある。だからといってこれはないよとぼやいている。

しかし考えてみると、こういった世代の変化は子どもや若者だけに限った現象ではないようだ。私の周りでも思い当たることが結構ある。

我が家のように四年ずつ年の差のある兄弟を持つと、保護者の雰囲気や感覚がずいぶんと変化してきているのを感じる。

たとえば小学校入学直後の保護者会で我が子を紹介するのに、長男の時には、皆申し合わせたように我が子のことは謙遜して話していた。私のようにかけ値なしに「ご迷惑をおかけいたします」という者もいたが、きちんと席について先生の話を聞ける、うらやましくなるようなお利巧な子の母親でも驕ることなく、最後は「ご迷惑をおかけすることもあるかと存じますが、どうぞよろしくお願いいたします」と挨拶していた。できることよりも心配なことやできないことをいう。そういった内容が主流だった。それでも学年にひとりか二人、我が子自慢の母親がいることはいて、そういった人はクラスを超えて有名人になっていた。自分の子を人前で褒めるなんて、タブーの時代だったのだ。

ところが次男になると、我が子を人前で褒めたり自慢したりする母親は、珍しくなくなり、三男の時には、もう謙遜派は少数派となっていた。「明るく活発」「積極的で元気印」「何でも興味を持つ」「がんばり屋さん」といった表現を我が子に使う親が多くなっていた。

彼女たちの大多数は手放しで我が子を賞賛しているように映ったが、中には、「若い先生なんか謙遜してるのが分からない人、多いじゃない。そんな先生にマイナスのイメージを持たれたら困るから、いいところをたくさん話しておいたほうがいいと思う」という意見を持つ人もあった。そういえば変化したのは保護者だけではない。教員室の年齢構成も長男の時とはずいぶん変わってきていた。新人類が教壇に立っている。

中学の入学式でも世代の格差を感じた。我が家は三人とも付属から進学したので、保護者同士は顔見知りが多く、いろいろな母親と言葉を交わすことになる。

長男の時は、自分の息子が学校でやっていかれるのかを心配する親が圧倒的に多かった。「勉強、ついていけるかしら」とか「波に乗れるかしら」といったように子どもの適応性を案じる声が多く聞かれた。私自身も息子が、付属とは名ばかりの全く違う校風に溶け込めるかが不安だった。

ところが三男になると、学校や先生が、我が子に合うかを話題にする人が増えていた。同じクラスになった子の母親が、担任を一目見て、「どうしよう。うちの子、ああいう先生、タイプじゃないのよね」といってのけたので、内心驚きながら「さっぱりした性格の方で、怒る時には怖いけれど、後にのこらないので人気はあるみたい」と彼の評判を教えた。すると彼女は「怒る人はだめなの。いやがるわ」と眉をひそめてため息をついた。その先生のがっちりした体型も坊ちゃまのお好みではないという。「うちもよぉ」と同調する人まで現れるに至って、私は喉元まで出かかった「でも学校生活って勉強よりもむしろ社会的適応性を育てることに意味があるわけで……」という説教くさい言葉を飲み込んで小さな吐息に変えた。

それまでにも折々に感じてきたことではあったが、三男と同じ年の子を、最初の子どもとして持つ年代の母親たちと、自分の感覚との大きな隔たりを再確認したのだった。

私が感じてきたこのような隔たりは、長男や次男が下級生に感じるギャップと根を同じくしているように思われる。

これには社会よりも個を偏重する傾向が影響しているのではないだろうか。「ジコチュウ」と形容される人間が明らかに増加している。

この変化はいったいどこまで行くのだろう。今年、大学で上級生を驚かせている一年生は、一昔後、どのような下級生を迎えるのだろうか。

「あっちゃん」の由来

言葉の覚えが早く、私の影響からか女性言葉を巧みに繰った長男に比べ、次男はただにこにこと笑ってばかりで、一歳をとうに過ぎてもいっこうに言葉を発しようとしなかった。

当時お願いしていたベビーシッターさんはとてもいい方で、「何でも分かっていらっしゃるんですよ。頭の引き出しにはいっぱい言葉が詰まっていて、今にたくさんお話しできますよ」と、気遣ってくださったが、なかなかその日はこない。

そんなある日、お気に入りの室内ブランコに腰かけていた次男が、幼稚園生の長男を見上げながら「じゃーちゃん」と呼びかけるように声を発した。

突然のことに目を丸くした長男。

「おかあちゃま、『じゃーちゃん』だって!!」

と、そばにいた私に身を乗り出して報告すると、この機会を逃してなるものかというように、「じゃーちゃんだよ」っと自分の胸を指さして、次男に顔を近づけた。次男はその長男を見つめながらもっと明瞭に「じゃーちゃん」と発音した。しっかりとした意志を持って、長男のことを「じゃーちゃん」と呼んでいる様子だ。

私はずっと長男のことを、次男に向かっては「おにいちゃま」と呼び、普段は『小さい』が語原の「ちいちゃん」と呼んでいた。どちらを真似ようとしたにせよ、次男の耳と脳と口を経由して出てきた音は「じゃーちゃん」になっていたわけだ。

ただ、こうしたことは往々にしてあるようで、長男の同級生のお宅では、同級生が、次男と同い年の妹から「あーちゃん」と呼ばれて、「わたし、『あーちゃん』じゃない!!」と、怒り出してしまったと聞いたこともある。下の子から不正確な言葉で呼ばれた上の子としては当然の反応ともいえるが、これに引き換え、我が家の長男の反応は、親の私が驚いてしまうほど寛容だ。「じゃーちゃん」を喜々として受け入れている。

長男はなおも「じゃーちゃん、じゃーちゃんだよ」と、次男の顔を覗き込みながら、自分の胸を指して繰り返す。次男もますますはっきりと「じゃーちゃん」を繰り返すようになった。

私は次男が言葉らしい言葉を始めて発したこともちろん嬉しかったが、長男の次男に対する態度がいとおしく、また次の展開にも興味をひかれ、あまり余計な言葉を差し挟まずに、ただ次男が「じゃーちゃん」と発するたびに「わー」っとか「できたー」っと歓声を上げて拍手をしながら、二人を交互に見やっていた。

するとニ人で「じゃーちゃん」を何度も繰り返した後、長男は同じように次男の顔を覗き込み、自分の胸を指すしぐさを繰り返しながら、言葉だけ変えて「だれ?・」と次男に訊ねかけた。

「じゃーちゃん」と次男。

「だれ?・」と長男。

「じゃーちゃん」と次男。

私の目の前で、瞬く間に長男は、同じ言葉の繰返しを対話に変えてしまった。そして「すごい」と感心している私を指さした。「だれ?・」と次男に訊ねる長男。顔は次男に向けたままだ。

「あーちゃん」

次男が私を見てから視線を長男に戻して応える。長男の問いかけに反応し、私を識別しているのは明らかだ。「おかあちゃま」が、次男の耳と脳と口を経由して「あーちゃん」と発せられたのだ。音はどうあれ、彼の頭の中に私への固有名詞があることが判明した。これは喜ばしいことだ。

「だれ？・」、「だれ？・」と私も、長男がしていたように自分の胸を指しながら繰り返すと、次男も嬉しそうに「あーちゃん」と繰り返す。私たちの反応で、こんな幼いながらも自信を得たようだ。首を振って私と長男を交互に見ながら、いかにも得意そうだ。

何度目かの「あーちゃん」の後、長男が「だれ？・」と興味深そうな眼差しを次男に向けながら、次男の小さな胸にやさしく二回トントンと触れた。

一瞬、虚を突かれたように戸惑いの表情が次男の顔に浮かんだ。言葉は出てこない。いつもは「ともちゃん」と呼ばれているのだが、この呼び名は彼の頭の中ではどのように処理されているのだろうか。

固唾をのんで見守る私と長男。次男は自分が発言すべき立場にあることは分かっている様子だ。じっと黙って、考え込んでいるように見える。

もう一度、長男が「だれ」っと次男の胸をトントン。

「あったー!!」

次男が自分の胸にポンと勢いよく手を当てて、弾けるように言葉を発した。

思いもかけない言葉だったが、反射的に「我思う、ゆえに我あり」が頭に浮かんだ。この子は哲学を解するのかと、私以外には絶対できない突飛な連想で、思わず拍手をしていた。隣で長男も手を叩きながら、一緒になって「あったー!!」を連呼している。

「あったー!!　あったー!!」

この言葉を見つけたのがよっぽど嬉しく、また、私たちの反応にも喜んだのだろう。次男はブランコが揺れるほど体を動かして「あったー!!」を何度も繰り返す。

この感動的な出来事以来、二男は「あっちゃん」とも呼ばれるようになり、それは、のちに三男が登場し、「ともちゃん」が発音できず、代わりに「おもちゃん」と次男を呼ぶようになるまで続いたのだった。

目線はどこに?

二ＬＤＫのマンションに暮らしていた頃。歩けるようになった次男は、なぜか子供部屋よりも私たちの寝室が気に入ったらしく、頻繁に寝室へ入っては、私の三面鏡の前にじっと立っていた。

「どうして、あっちゃんはあっちのお部屋が好きなんでしょうね?」

と、長男が不思議がるので、

「いつも、おかあちゃまの鏡の前にじっと立っているから、きっと鏡に自分が映るのが面白いんじゃないの」

と、私は確かめようともせず、思いつくまま応えていた。

すると、しばらくたったある日、寝室から、「おかあちゃま!!、おかあちゃま!!」と、長男の呼ぶ声が聞こえてきた。声の調子に急かされて慌てて寝室へ入ると、そこでは長男が、鏡の前に立っている次男の横にかがみこんでいる。

「ねっ、おかあちゃま、あっちゃんには見えないんだ」

彼は目の高さを次男に揃えて鏡を指さす。

私もつられて同じ高さで鏡を見ると、なるほど、自分も、もちろん息子たちも映っていない。見えるのは箪笥の上部と天井だけだ。

「ほんとね。あっちゃんには自分のことは見えないんだ」

私は以前の長男の問いかけに軽々しく応えていたことを反省しながら、それと同時に、弟の目線で見てみようとした長男の行動に感心していた。

「ちいちゃん、よく分かったわね。おかあちゃま、見てみようと思わなかった。すごい」

ほめると長男は嬉しそうに笑って、得意気に、なおも鏡を見ている。

次男も長男に寄り添われて、じっと鏡に見入っている。箪笥の上部と天井だけしか見えないはずだが、次男には次男の、この場所に魅かれる理由があるのだろう。

私はそんな二人の肩を後ろから抱き締めながら、目線を合わせて鏡の中の光景を一緒に眺めていた。

子どもの立場になって考えることを、よく『子どもの目線で』と喩えるけれど、それは子どもに限らず、自分以外の人間は、自分とは視点も視界も違うということを自覚することがまず根本にある。現実の目線の高さの違いも考えに入れられずに、いったいどうやって心の目線の違いに気づくことができようか。

次男の目線で鏡を見た長男の行動は、『我が子であっても他者は他者。視点も視界も違う』という事実を改めて認識させてくれたのだった。

次男のジレンマ

「もしも今度生まれるとしたら、僕、絶対長男がいいな」

夕食後の団欒のひとときに、突然次男が言い出した。

今から四年前、高校三年の時だ。

「俺も、絶対、また長男」

と当時大学四年の長男。付け加えて、

「でも待てよ、三男もいいかも」

という。

その三男は当時中学二年、強い調子で、

「僕、絶対、末っ子。三男じゃなくて一番下の子」

と主張する。

「ほらあ、誰も次男になりたくないじゃないか。次男はいやだよ。次男は」

憤懣やるかたないといった様子の次男坊。

「大体おにいちゃまは横暴だし、おた（三男）は生意気だし」

と日頃の不満をぶつける。

いつでも兄を立てているのに、自分は弟から兄として立ててもらえない。まさに「長幼序あり」と「下克上」の狭間に身をおく次男である。

普段から我慢を溜め込んでいる次男は、ちょっとしたきっかけで時々こうして爆発する。

長男と三男は、焦れている次男を見ながら「自分が言い出したんじゃないか」といわんばかりで、同情の色は微塵もない。

次男の最大の理解者は主人だ。姉と妹に挟まれていた主人とは、「真ん中はつらいよ」と、被害者意識を共有している。

私が宥めるつもりで、

「おとうちゃまは、あなたのつらさをすっごくよく分かるっておっしゃるじゃない。我慢することが多くてかわいそうだって」

というと、

「でも、おとうちゃま、いないこと多いし、おかあちゃま、おた（三男）ばっかりかわいがるし」

と、こちらに矛先が変わってきた。

「そうだよ。おったん（三男）、かわいがりすぎだよ」

長男も加わる。

三男が得意そうにそっと私に笑いかけたことが、次男の怒りに油を注いだ。

「何だよ、その顔は」

険悪な空気に、私は伝家の宝刀を抜くことにした。

「でも、おかあちゃまが、百歳で死ぬとしたら、おにいちゃまは七十六まで、ともちゃん（次男）は七十二までかわいがってもらえるのに、よっちゃん（三男）は六十八までしか、かわいがってもらえないのよ」

これは今まで多くの紛争を収めるのに絶大な効果を発揮してきた言葉だ。そんな事態は考えるのもばかばかしいと思うのだろう、上の息子たちは、「もういいや」とばかり、話題から離れるのが常だった。

ところがこの日は、こういっても、次男は、なおも食い下がる。

「おかあちゃまの愛情を1とすると、おにいちゃまは僕が生まれるまで約五年間は1でしょ。僕が生まれて、僕は……0.6、だって、このぐらいないと僕死んじゃうから、それでおにいちゃまは0.4。これが約三年間で、その後、よったん（三男）が生まれて、よったんが0.6で、僕とおにいちゃまが0.2ずつで、それが十四年でしょ。そうすると……、おにいちゃまは1×5＋0.4×3＋0.2×14で、僕が0.6×3＋0.2×14、よったんが0.6×14、ほら、計算してみて、……おにいちゃまは9、僕が、あっ、4.6、よったんは8.4！　……僕、もうとっくに抜かれてるんだ……」

話しながら新聞の端に鉛筆で計算していた次男は、想像以上の結果に愕然としている。

「あっ、俺ももうすぐ抜かれるな」

こういいながらも、長男は余裕の表情だ。

三男は笑いをかみ殺しながら黙っている。

私は次男が、「僕が生まれて」といった後、逡巡しながら「……僕は0.6」と続け、あわてて長男を見ながら「このぐらいないと僕死んじゃうから」と、兄より多くした理由を付け加えていたのが哀れで、切なくて、

「ともちゃん、0.6っていったところが切なくなっちゃう、『僕死んじゃうから』なんて」

というと、

「そうだよね。こういうところがかわいいよね」

と心底いとおしむような兄らしい口調で長男が続いた。

眉根を寄せていた次男の表情が、この言葉で急に明るくなった。次男は、長男から肯定的な言葉をかけられることがことのほか嬉しいのだ。

ひとしきり不満をぶつけたことでも、気が晴れたのだろう。すぐに次男は何事もなかったかのようにさっぱりとした表情になり、長男や三男とNBAの話題に移っていった。


あれから四年。社会人となった長男は新しい生活が楽しくてたまらないという。次男は大学でバスケットとロックに明け暮れる毎日。ガールフレンドもでき、青春を謳歌している。

高三の三男坊だけはまだ辛うじて私のそばに留まっているが、校内アンケート調査の一番欲

しいものの欄に「ガールフレンド」と書いていた。

私はこうしてすっかり長くなってしまったひとりだけの時間に、息子たちが母親の愛情を取りあってくれた日々を懐かしんでいる。

サラブレッドは……

歯科医を目指す次男は怒涛の試験の真っ只中だ。

去年十月の後期試験。続く十二月、一月と二回にわたる卒業試験。その後、最大の関門である国家試験が二月にドンと立ちはだかっている。

家族に試験を控えた子がいると、本人のことはいうに及ばず、他の家族の健康管理にもひときわ神経を使う。

二回目の卒業試験の前日、新学期が始まったばかりの三男が急に体調を崩し、真っ青な顔で帰宅するなりベッドに倒れこんだ。

大方、正月明け早々から飲み狂っていたつけが回ってきたのだろうと思われたが、ノロウィルスか、インフルエンザの疑いもある。いずれにしても普段であれば、ほれ見たことかと小言の嵐を吹きつけつつも、あれこれと世話を焼き心配するところだが、この時ばかりは、そういった容態を気遣う気持ちよりもはるかに強烈に、喉元に熱くググッと突き上げてきたのは火の玉のような怒りだった。

次男の天下分け目に、飲んだくれて挙句の果てに寝込むとは何たる体たらく。これがノロやインフルエンザだったら、移ってしまうじゃないか。

主人に対処方法を聞こうと電話をとったが、新年会続きで遊び狂っている三男に対し、主人が前々から猛烈に腹を立てているのを思い出して踏み止まった。きっと心配するよりも、「甘やかすからだ」と矛先が私に向かってきて、お互い今以上に不愉快になるだけだ。

ここは思い直して長男の携帯を呼ぶ。

「ノロだとすれば効く薬はないよ。寝てれば二〜三日で治るから」と穏やかな声に、「もう、この大事な時に病気になるなんて。昨日も今日も朝まで飲み会だったのよ。飲み疲れて抵抗力も落ちたのよ」と胸に溜まった憤懣を一気に吐き出す。

「うーん、気持ちは分かるけどさ、辛いのはよったん（三男）なんだから」

「それはそうだけど……」

負うた子に窘められる始末となった。

結局三男の体調不良は何だったのだろうか、原因は分からぬまま、一日学校を休んだだけで快復し、誰にも感染しなかった。

こうして今回は事なきを得たが、単身赴任の留守部隊を預かる私の心配の種は尽きない。

無事に試験場に送り出すという作業も、むろん、私の管轄だ。過保護のそしりを免れないが、遅刻させないように、朝はスヌーズ機能付きハイパーアラーム時計、しかも自立可動型と化して、枕元に直行している。もっとも、こうした行動は試験日に限らず、幼い息子たちを親の独断で遠方の私学へと送り出していた頃からの習慣でもある。

当然、起こす私が寝過ごしては始まらないので、重要な試験の前夜は徹夜し、息子を送り出してから床に着くことにしている。

これは長男の国家試験から始めたことだが、家の者は、起こされる本人も含めて、そこまでしなくていいよと止める。しかし、万が一、寝過ごして遅刻させてしまった事態の絶望感を想像すると、おちおち寝てなどいられない。実際、試験が近づいてくると、試験日の朝に寝過ごしてしまう夢を見て、パニックに陥って飛び起きることがままある。そのたび、「夢だったぁ」と安堵すると同時に、「絶対に寝過せない。必ず起きていよう」との決意をより強固にするのだ。

それに、「いいよ」とはいうものの、起こされる本人は、私が起きていると安心して熟睡できるようだ。「必ず起こしてもらえると思ってるほうがぐっすり寝られるでしょ」との言葉に誰からも反論は出ない。

先週の第二回卒業試験の前夜も、次男のために徹夜をすることにした。

「ぜったい起こしてあげるからね」

午前三時、「もう寝るよ」という次男に固く誓って、こんな場面でよく口にする言葉を私は続けた。

「サラブレッドは死んでも走るというけれど、おかあちゃまは、もし、これから心臓が止まっても、朝には必ずあなたを起こすわ」

感動のシーンに次男はぼそりと、

「やだよ、そんなの。気持ち悪いよ。ねっ、静かに死んでていいから」

親の心子知らず。恩知らずの息子を抱えて孤軍奮闘は続く。

黒戻し

「ねえ、おかあちゃま。オレ、髪、染めるよ」

ちょっといいにくそうに大学二年の次男が切り出した。

「どうして？　髪なんか染めてどうするの!!」

「リーグ戦の最中だけ、みんな、違う色に染めることにしたんだよ。合宿中に染めて、そのまま遠征行って、帰ってきたらその日に黒戻しするから、直ぐ、黒く戻すから」

彼は一気に話して、私の顔色を伺っている。私は、染めた髪を黒く戻すことに対して『黒戻し』なる名詞が存在することにピントのずれた感心をしながらも、眉を顰《しか》めずにはいられなかった。

別に「髪染め禁止」を家訓にしているわけではないが、主人も私も、息子たちが髪を染める事態など想像したことはない。彼らも全員、髪を染めることには批判的だった、はずだ、今の今までは。

「みんなが染めるなら、あなただけ黒のままでいいじゃない。それで色違いになるじゃない」

「そうはいかないんだってば」

もう彼の頭の中には、髪を染めた自分の姿が『カッコよく』描かれてしまっているようだ。しぶしぶ提案を呑んで、大会期間中に限って許すことにした。

こうして、黒髪で出発した次男は、二週間後、茶髪になって夜陰にまぎれて帰宅した。感心に約束を守って、黒く戻すための薬剤も買ってきている。疲労困憊といった様子にもかかわらず、「黒戻しするよ」と殊勝にも浴室へ直行して行った。

翌朝、私と長男が食事をしていると、次男が重い足取りでリビングへ入ってきた。艶を失った黒と茶のまだら髪。寝癖のままか、不揃いに思い思いの方向を向いている。本人はもう鏡で見てきたのだろう、顔色まで冴えない。

長男は一目見るなり、「何か、おまえの髪、弱った海苔みたい」と一言。

そういわれてみればニュースになっている諫早湾の海苔のようだ。

「水門を開けろーって感じ」と私が受けると、「俺、坊主にしようかな」と次男はぼそり。

もう、染めたいなんて、いいませんように!!

次男漂流

二週間の学年末テスト。その一週間目が終わった金曜日。大学生の次男はなかなか帰ってこない。午前中にテストは終わっているはずなのに、どうしてしまったのだろう。睡眠時間が毎日三〜四時間なので、電車で寝過してしまったのだろうか。心配しながら待っていると、午後七時過ぎにようやく重い足取りで、肩を落として帰宅してきた。

「どうしたの？　寝過したの？」

「もぉぉぉ、寝過したなんて、そんな甘いもんじゃない」

「じゃ、高尾？　小田原？」

私は彼の乗る中央線と小田急線の終点を挙げてみた。彼には小田原まで行ってしまった過去がある。

「そんなんじゃない。彼女送ってまず千葉行って、そこから総武線の快速乗ったら、気がついたら品川で、そこから山手線で新宿行って、小田急に乗って、眠いから『各停』乗ったんだけど、あっと気がついたら、本当は千歳船橋だったんだけど、乗り過ごしたと思って慌てて降りて、新宿の方に戻れば着くと思って上りに乗ったら新宿まで寝ちゃって、そのまま折り返して帰ってきて、鶴川までは起きてたんだけど、一回瞬きしたら相模大野で、それからやっと帰ってきた」

何と長旅。

「漂流してるね」とは長男の弁。

学生以外に誰が？

実習教材　価格一覧表

口腔外科模型　定価　五四五〇〇円　学生価格　三八一五〇円

ペリオ模型（OP、ピンク歯肉、上下組含む）定価　四八五〇〇円　学生価格　三三九五〇円

云々……

次男——学生価格って、こんなもん、学生以外に誰が買うんだよ!!

私——確かに!!　名称からして実習教材だしね。

親の意見と

私——昨日、あんなに薄着で寒くなかった?
長男——(きまり悪そうに)寒かった。
私——ほら、ごらんなさい。あんなに「もっと、着て行きなさい」っていったのに。「親の意見となすびの花は千に一つの無駄もない」っていうんだから。
長男——でも、おかあちゃま、いつも二千くらいいうし……。

小鳥さんに……

長男が三歳頃のこと。

彼は食が細く、口の中の食べ物をなかなか飲み込まないため、「ゴックンなさい。ちゃんと食べないと小さくなって小鳥さんになっちゃうよ」と、主人と私から言われ続けていた。

ある日、珍しく主人が体調を崩し、家で寝ていた時のこと。長男はとても心配して何度も様子を見に行っていたが、何度目かの時、こんな会話が寝室から聞こえてきた。

「おとうちゃま、痛いの？　だいじょうぶ？」

「だいじょうぶだよ」

「ごはん、たべないの？」

「いま、たべたくないんだよ」

「たべないとちいさくなってことりさんになっちゃうよ」

「あっ!!　たいへんだ。おからだがちぢんできた」

主人は布団の中で、体を縮め始めたらしい。

「たいへん!!　おとうちゃまがことりさんになっちゃう」

長男はトントントントンと駆け足で、目を丸くして報告にきた。

「まあ、どうしましょー」

私が芝居っ気たっぷりに動揺して見せたものだから、彼の不安と驚愕はいよいよ頂点に。

踵を返して主人のところへ駆けもどった彼。間もなく一言。

「おとうちゃま、おかおはへいきみたいよ」

「這えば立て」とはいうけれど

長男が生まれた時、当時居住していたマンションの同じ階に、一週間早く生まれたハルコちゃんというお嬢ちゃんがいた。ハルコちゃんは、常に我が家の長男より一歩も二歩も早く成長していった。寝返りもお座りも、彼女はとっくにできているのに、我が家の長男は寝そべったまま。彼女が這い這いをしている時に、やっと腹這い。まさに『這えば立て、立てば歩めの親心』そのまま、私はいつも長男に「早く早く大きくなれ」と心の中でエールを送っていた。

こうして幼稚園に入る頃には、「早く大きくなって」というエールは心の中だけではなく、長男に向かって直接声に出して発せられるようになっていた。この頃になると、五月生まれの長男は同級生の中では何でもよくできて当たり前。人並み外れてやんちゃではあるものの、かけっこも、小学校受験に向けたお勉強も、「一番になってね」という私の期待にしっかり応えて、健気に頑張っていた。

こうしたところへ次男が四〇七〇グラムで誕生した。ごくごくとミルクを飲んで、ぐっすりと眠る手のかからない健康優良児だが、いかんせん、彼は一月生まれの早生まれ。しかも、成長するにつれ、同じ月齢の子と比べても、とりわけ言葉が遅く、動作もゆったりとしていることが判明。

これが最初の子であったなら、成長の遅さを悩んで育児ノイローゼにもなるところだが、幸運なことに、この頃には私はもう、幼稚園生の長男やクラスメート、その子たちの兄弟の成長を、目にしたり話を聞いたりすることで、子どもの成長をひとつの時点時点で輪切りにして比べることなどまったく無意味だと感じ始めていた。そのため次男の状態を気に病むこともなく、他の子と比べることもなく、彼なりの成長を感じて純粋に喜ぶことができた。

もちろん幼稚園に入っても、次男に対しては「一番になって」とか「負けないで」などと声をかけることはなく、かけっこの時は「転ばないで」と声をかけ、着順など気にもならなかった。

長男が小学校二年の時、ボーナスのように三男が誕生した。ちょうど次男の幼稚園のお友達二人のお宅にも、三男と同じ年にお子さんが続けて生まれ、しかも、たまたま三軒とも生まれた子どもが三番目だったこともあって、「どうしてこんなにかわいいのかしら」「もうこのままいてほしい」「大きくならないでぇ」などと意気投合!! お隣のハルコちゃんと比べては気をもんだ長男の時とはまったくの別人のように、「うわあ、もう寝がえり打っちゃったの、ゆっくりでいいのにねえ」などと、成長を楽しみながらも惜しみながら、ゆったりと過ごす日々となった。

この頃になると、私の口癖はすっかり変わり、次男や三男に対して「ゆーっくり、大きくなってね」と声をかけるようになっていた。

そんなある日、何かの拍子に、私は小学校三年生になっていた長男に、「早く大きくなってね」と口にしてしまった。深い意味もなく、ほんの軽い気持ちで。

すると彼は私の顔をまっすぐに見て、ひとつ息を吸うと意を決したように口を開いた。

「おかあちゃま、あっちゃん（次男）と赤ちゃん（三男）はゆっくり大きくなって、僕は早く大きくなればいいの？」

私はハッとして息もできず、彼の瞳を覗き込んだ。すがるように私の目を覗き込んでいる彼の二つの瞳は暗く悲しげだ。とんでもないことをいってしまった。激しい後悔が襲ってきた。彼の耳に入ってしまった音の響きを全部取り戻して飲み込んでしまいたい。長男へのいとおしさとすまなさが胸の中でないまぜになって、厚い塊が喉元に込み上げてきた。

私は彼の両肩に自分の両手を置いて、

「ごめん、ほんとうにごめんね、ちいちゃん。あなたもゆっくり大きくなってほしい。ずっと、ずーっと、おかあちゃまのそばにいてほしい」

と、一気にいい切って抱きしめた。

感情の赴くままに言葉を発していたことが、今回だけでなく、これまでにもどれほど彼を傷つけていたことだろう。

こんな未熟な母親の子に生まれ、親の思いに振り回されながら、それでも、一生懸命、いい子、いいおにいちゃまになろうと頑張ってきた九歳の子。この子に寄り添ってやれなかった自分を責めながら、二度とこんなに切ない思いを彼にさせはしないと深く心に刻み込んだ。

このことがあってからずっと、今日に至るまで、私は心の隅で、長男に対して『愛し足りない思い』を抱き続けている。

桐朋メモリーズ

コイの追い込み漁

「おかあちゃま、今日コイを捕まえたんだよー」

玄関のドアを入ってくるなり、小二の長男が、持ちきれないといった表情で息せき切って報告した。

「えっ、コイ？　どこで？」

小学校のある仙川から我が家までの通学路には、コイを捕まえられそうな池や川などないはずだ。

「学校のお池だよ。Ｔ君（注・クラスメート）と一緒に追いかけて、狭いところに入れて持ち上げたの」

得意気に輝く彼の表情に反して私の胸に立ちこめてくる暗雲。まさか学校のお池って……。

「ねえ、学校のお池って購買部のそばの？」

長男の通う小学校の同じ敷地内には女子部の中学高校があり、その手入れの行き届いた中庭には石造りの四角い池がある。

「そうだよ。もう一匹捕まえて上に上げようとしたら変なおじさんがきて、『おい、おい、かわいそうだよ』って。だから、ちゃんと逃がしてきたよ」

いかにしてお友達と二人で、コイを飛び石と池の淵との間に追い込んだか、どうやって二人でそのコイを持ち上げたかを、彼はしぐさを交えて表情豊かに生き生きと語る。それを見ていると、どれほどわくわくして達成感が感じられたことなのかは、容易に想像がついた。が、場所が女子部の池だけに、微笑ましいいたずらといって、このまますませてしまっていいものだろうか。

「ねえ、コイは元気だった？　T君はケガしなかった？」

「だいじょうぶだよ」

少なくとも事故は起きていないようで一安心。

「その『おじさん』って先生？　どんな方？」

「わかんない」

うーん、自首して出るべきか否か。とりあえず様子を見てみることに……。

男子部にもコイが

国立にある男子部中学の進学説明会。

見ると男子部にも中庭に池があり、そこにはコイが!!

「ねえ、あのコイ、捕まえないでよ」

「ふふふ」と長男、不敵な笑み。

おじさんの正体

男子部中学の卒業式。

長男は（ゲームに負けて）クラス総代になり、晴れがましくも壇上で卒業証書をいただくことになった。

私は父母席の最前列でしっかりと息子の晴れ姿を網膜に焼き付けて帰宅。あのいたずらっ子がよくぞここまでと、来し方の場面場面を瞼に再生しながら感激の余韻に浸っていると、そこに長男が勢いよく帰ってきた。

「おかあちゃま!!、あのおじさんがいたよ。あのコイのおじさん。壇の上に」

「えー!!」

あの壇上の人物で女子部の中庭にも出没していた可能性のある人物といえば……たったひとりしか思い浮かばない。

「じゃ、『おじさん』って、理事長!?」

赤いボタンは

住友銀行非常ベル事件

年末のあわただしい夕刻のことだ。閉店後の住友銀行中村橋支店のATMコーナーには私たち親子だけだった。私はいつものように「ここにいてね」と念を押して幼稚園生の長男の手を離し、財布からカードを取り出そうとした。

その時だ。『リリリリリー!!」と大音響のベルの音が降ってきた。

——非常ベル?——

——火事?——

——銀行強盗?——

ベルの音の振動に叩かれながら私の思考はめまぐるしく回転する。

——脱出だ!!——

「ちいちゃん!!」

叫んで長男の手を取ろうと彼のほうに向き直ると、ピタッと目が合った彼の表情はなぜか得意そうで、今にも私に何かいいたげだ。機械のほうへ手を伸ばしている。

慌ててその先に目を走らせると、何とそこには赤いボタンが……。

私は一瞬にしてすべてを悟った。

その時、閉まったシャッターの奥からジャッ、ジャッ、ジャッと重量感のある駆け足の音が迫ってくるのが聞こえ、ガシャッとシャッター横のドアが勢いよく開いて、大柄な警備員さんが走り出してきた。目に飛び込んできたのは手に持った警棒。

「どうしました⁉」

勢い込んで訊ねながらも、私たち親子を見て、警備員さんはもう半分拍子抜けした様子だ。

「すみません。子どもが押してしまいました」

深々と何度も頭を下げ、平謝り。

「ほら、『ごめんなさい』って仰い‼」

と、長男を促すと、さすがに彼も神妙な面持ちで、

「ごめんなさい」。

「いや、何でもなくてよかったです」

と警備員さん。

そのままお詫びをいいつつ私たちは店外へ。結局お金を下ろしそびれてしまったのだった。

まったく赤いボタンは鬼門だ。

伊勢丹エスカレーター事件

長男を連れて新宿の伊勢丹で買い物をしていた時のこと。「気をつけて」と手をつないでいる（実際は左手首をつかんでいる）長男に声をかけながら、下りのエスカレーターに乗って六階から五階へ降り、続けて四階へ降りようとエスカレーターへ足を踏み出そうとしたその時、足を下ろそうとしたエスカレーターのステップが音もなく止まってしまった。

エスカレーターはそのままただの階段になり、途中にいた人々はそれぞれに、止まった自分の足元や周りを見回した後、騒ぐことなく淡々と自力で降りて行った。

私はそうした人々の反応を見ながらも、故障であれば乗らないほうがよいと考え、『別のエスカレーターに乗ろう』と声をかけるつもりで、手をつないでいる長男に目をやった。

彼は目を輝かせて、私を見ていた。その得意気で自慢げな様子。

――この子だ!!――

母の直感が私を打った。

彼の右手周辺を見回すと、あった!!

エスカレーターの手すりが送り出されてくるところから上に約五〜六十センチ、大人の目には止りにくいが、子どもの視界のど真ん中にその赤いボタンはあった。

――人を呼ばなければ――

――でもここから離れては逃げてしまったと思われないだろうか――

そんな思いがぐるぐる回るうちにも、上の階からはどんどん人が降りてきて私たちを囲む人垣となる。

「今、係りの者が参ります」

と、近くの売り場から店員さんが声をかけてくださったので、「すいません」と頭を下げつつ、衆人環視の中、係りの方を待つことしばし。

ここに至って長男もようやく事の重大さに気がついた様子で神妙な面持ち。

程なく登場した係りの方に、ほっとしながら事情を話し、「本当に申し訳ございません」と謝ると、長男も私の横で一緒に「ごめんなさい」と頭を下げて謝っている。

「いやー、事故じゃなくて、よかったですよ」といいながら、係りの方が始動してくださったエスカレーターで、私は長男の手首をいつもよりきつめに握って、下の階へ無事?到着したのだった。

やっぱり、赤いボタンは鬼門だ。

クリスマスに寄せて

サンタは困って

「ねえ、何か変なの、あるよ」

部活から帰ってきた高一の長男が、一階の自分の部屋に下りていったかと思うと直ぐに二階に戻ってきた。不思議そうな顔をしている。

「何？　変なものって」

「うーん、何か変なの」

「何なのよ。どこにあるの？」

「おかあちゃまの鏡のところ」

「鏡のところ？　変なものなんて置いてないけど」

彼は三面鏡に変なものがあるというのだが、私にはさっぱり心当たりがない。

「後で見とくね」

「うーん」

それでも彼は夕飯の支度をしている私の傍で何かいいたそうにして立っている。

「何？　どうしたのよ」

声が尖った。この忙しい時にいったいどうしろというのだろう。

応える言葉を探しているような彼の態度にとうとう業を煮やして、「どれよ？」と、濡れた手を拭いて、ばたばたと音を立てて階段を下りた。

寝室の三面鏡には様々な化粧品が所狭しと林立している。一見して変化はなさそうだったが、近づくと見慣れないバラの模様の紙袋が化粧水のビンに寄りかかっていた。

「えっ、何、これ？」

思わず、付いてきていたはずの長男に声をかけたが振り返ると彼の姿はない。

考えてみれば私の鏡台の上に何があろうと普段なら彼が興味を持つはずもない。この包みは彼が置いたに違いない。

固い紙質の袋を手に取り開けると、中に柔らかい手触りの紙袋が入っていた。

中身は何だろうと手触りで推し量る。スカーフだろうか、ハンカチだろうか。

破かないように丁寧にセロハンテープを剝がし、胸ときめかせて中を覗き込んだ。

ふわふわのこげ茶の毛皮が目に入る。取り出すと手首に兎の毛をあしらったニットの手袋だった。

温かな手触りとともに猛烈な後悔が襲ってきた。

クリスマスの今朝、起きた私がどんな反応を示すか、長男は楽しみにしていたのだろう。

ところが私は気がつかないばかりか、クリスマスプレゼントの新しいゲーム機やソフトに大はしゃぎしてテレビの前を動こうとしない下の子たちに「時間計って！」「順番守って」「宿題も忘れずに」と号令かけかけ、ぎすぎすと一日を過ごしていたのだ。

彼はきっと何度も私の寝室を覗き込んでは、置き去りにされたままの紙包みを途方にくれて眺めていたのだろう。そしてとうとう意を決して「何か変なのあるよ」とやってきたのだ。なのにあの時の私の対応ときたら……。激しい自己嫌悪。時間を戻したい。

「何だった？」

いつの間にかドアのところに現れていた長男がとぼけて聞く。

「見て！　可愛い手袋。だれがくれたのかなあ」

こちらも調子を合わせてみた。

「サンタクロースじゃない？」

「えーっ、ほんとに？」

「うん、きっと」

「ずいぶんセンスのいいサンタさんよ。ほんとに素敵！　とっても嬉しい」

手袋をはめてぽんぽんと手を打ち合わせて見せた。

「よかったね」

長男は白い八重歯を見せて照れたように笑う。

この子は幼い頃、狐の親子の『手袋を買いに』と、別の兎になりすましてサンタさんから二つプレゼントをせしめようとする白兎の『ましろ』の絵本が大のお気に入りで、とくに冬のこの時期になると、読んでやったり、二人で役になりきったりと、飽きずに遊んだものだった。

その息子からクリスマスの朝に手袋をプレゼントされるとは。

視界の中で滲んでいる焦げ茶の手袋が、ほかほかと暖めてくれているのは両手だけではない。

サンタは慌てて

「ちょっと出かけてくるよ」

「どこ行くのよ？　もう夜中よ」

「タバコ買ってくる」

クリスマスのデートから帰ってきたばかりの大学四年の長男。自室に下りてしばらくすると戻ってきて、また出かけようとする。おまけに受験勉強中の高三の次男まで後ろにくっついている。

「タバコなんかもうやめなさいっていったでしょ。何でも（次男のこと）まで行くのよ」

「気分転換だよ。ちょっとその辺回ってくるから」

目を尖らせて仁王立ちになっている私に向かって、長男はポケットから出した車のキーをふって見せた。

「もうーっ」

二人が出て行ったドアに荒々しく鍵をかけ、足音高くリビングに戻ると三男坊が上がってきた。

「もういやになっちゃう。散々心配させてやっと帰ってきたと思ったらまた出かけちゃって」

デートばかりで少しも勉強に身が入らない長男は私の頭痛の種で、中二の三男は愚痴の聞き役だ。いつもなら同情して「おかあちゃま、たいへんだよね」ぐらいいってくれるところだが、

「でも、おもちゃんが勉強疲れたっていってたよ。ちょっと外、出たかったんじゃない」

と訳知り顔で不気味に兄たちの肩を持ち、「明日は学校ないしさ……」と、とりなすような言葉まで口にする。急に兄弟愛に目覚めたのか。

私は捌け口をなくして仕方なくその場は黙り込み、三男はなぜか居心地悪そうに、すぐにリビングを出て行った。

私はリビングを見回して大きくため息を吐いた。

今年は受験でクリスマスツリーを飾らなかったが、彼らの希望のプレゼントはもう納戸でスタンバイ中だ。

ようやく長男が帰り息子たちが揃ったので、彼らが寝ついたところで納戸からくだんのプレゼントを出し、例年ツリーを飾るリビングの一角に並べる手筈であるのだが、この分では

長い夜になりそうだ。

それにしても選りに選って、年が明ければセンター試験を皮切りに、二月上旬までぎっしりと試験の予定が詰まっている次男までが一緒に行くことはないのにと、私は再燃した怒りを咀嚼する。

しかし、そうこうしているうちに、徐々に不安が首をもたげてきた。タバコを買うにしては時間がかかりすぎる。事故でも起こしていないだろうか。そう思うと一気に怒りは吹き飛んで、頭の中には悪い想像ばかり浮かんでくる。

あんなに不機嫌に送り出さなければよかった。

不安に突き動かされるように次男の携帯を呼び出すが、応答はない。代わりに、「おもちゃんのケータイ鳴ってる」と下から三男の声。

では長男にと思うものの、運転中かと思うと躊躇《ためら》われる。

落ち着かなくリビングを歩き回っているところへ、ピンポーンと玄関のチャイム。

クリスマスイブの午前一時過ぎにチャイムを鳴らすのは息子たちしか思いつかない。玄関に走った。

「ただいま」

長男に続いて次男が入ってきた。彼は膨らんだ黄色いビニール袋を提げている。町田にある深夜営業の店のものだ。それが目に入った途端、私は彼らの行動のすべてに合点がいった。

息子たちはここ数年、正確には長男が高一の時以来、私にクリスマスのプレゼントを贈ってくれている。最初は長男ひとりがサンタだったが、その後次男も三男も加わっている気配だ。

ところが今年は中心となるべき長男がデートで気もそぞろだったため、私へのプレゼントを忘れてしまったに違いない。それに気がついて、慌てて、今、買いに行ってきたわけだ。これでさっきの三男の兄弟愛に満ちたコメントも説明がつく。

私は彼らの目的に気がつかないふりをして、「どうしたの。遅かったじゃない。心配してたのよ。何、その紙袋?」と、この状況ならきっと口にするであろう台詞を並べた。

「うん、ちょっとドライブしてたんだ」

「バスケのものでほしいものがあったんだ」

何気なさそうに二人は口々に応えて、早くも自室へ降りて行こうとしている。

私は深追いせずに、「もう寝たら」と彼らの大きな背中に声をかけながら、忘れられていたことよりも、こうして夜中に買いに出てくれた息子たちの気持ちを温かい思い出にしておこうと、少し寂しい自分自身を励ました。

読者をひとり

「今度、彼女と会ってくれない?」

二〇〇三年五月、大学を卒業し国家試験に合格した長男が、交際中の彼女を連れてくるといい出した。彼女は長男の大学時代のクラスメートで、もうすでに卒業式後の謝恩会で長男が引き合わせてくれている。

一緒に食事でもと予定したが、単身赴任中の夫は都合がつかず、次男と三男は妙にシャイで、「えーっ、いいよ、いやだよ」と異口同音に尻込みをする。結局、お寿司屋のカウンターに三人で座ることになった。

長男は彼女が一緒とあって、母親と彼女のどちらに向けた言葉遣いをすればよいのか掴みかねているようで、ぎこちないのが微笑ましい。

白いブラウスとスカート、ベビーピンクのカーディガン姿の彼女は、緊張からか、それとも生来の性格か、大人しくて口数が少ないが、やわらかな雰囲気を纏《まと》っている。長男の「癒し系」との喩えが頷かれた。

二人に、これからの研修医生活の諸々などを問いかけると、彼女はまず長男の話しを相槌を打ちながら聞き、促されると生真面目な返答をする。その実直な態度には好感が持てた。

やがて話しは家族や幼少期のことに及んだ。

端々に幼い頃から彼女が素直な少女だったことが偲ばれて、思わず私は、

「お家の方から叱られたことなんてないんでしょう?」

と、訊ねてしまった。そうはいっても、まさか本気で「はい」という返事を期待していたわけではない。

彼女は思いを巡らすように小首をかしげ遠くを見るような目をしてから、思いついたように、

「いいえ、小学生の時に一度、嘘をついて母から叱られたことがあります。『もう二度としないって約束しなさい』っていわれました」

「えーっ、一度だけ！」

一度だけということが却って驚きで、コントロール不能となった素っ頓狂な大声が私の喉から飛び出した。

我が家の愚息どもとは何という違いだろう。こんな育ち方をする人もいるのか。いや、しかし、これは困った。愚息どものような育ち方をする人間がいることを彼女は想像できないかもしれない。もし、彼女と長男が結婚して長男に似た子どもが生まれたら、きっと彼女はノイローゼになってしまうだろう。

「じゃあ、うちの息子たちのこと、お聞きになったら仰天なさるわ。年がら年中、叱ってばっかり。次から次へといろんなこと起こしてね、気の休まる暇もなかったの。ねえ、いっつもあなたたちのことで謝って回ってたわよね」

「確かに……」

深く頷いて同意した長男は、

「まあ、いろいろと……」

と、当時を思い出したのか、笑いながら照れくさそうに付け加えた。彼にとっては「問題

児」であった過去も、けっこう愉快な思い出なのだ。

「そうなんですか」

彼女は興味深げに話の続きを期待している。

「幼稚園に入る前からいったずらでねえ。特に赤いボタンが大好きでね、しっかり手を繋いでるのに、もう片方の手で目につくそばから押しちゃうの。銀行の非常ベル鳴らしたり、伊勢丹のエスカレーター止めたり、そのたんびに謝ってばっかり」

彼女は笑み崩れて長男を見た。

「えーっ、そんなことがあったんですか」

「幼稚園ではシスターが『ずっと追いかけて過ごしました』って卒業の時、仰ったし、小学校ではしょっちゅうお呼び出し、ねっ」

「うん、でも楽しかったよ。……あっ、それに、それを……この人、書いたりしてるんだよ」

長男は彼女に話しかけるのにあたって、私のことを何と呼ぼうかと一瞬迷ったらしい。目の前において「母」も何か変だし、まして家で呼ぶように「お母ちゃま」では沽券に関わると思ったのだろう。他人行儀な「この人」と口にしてから後悔しているらしく、申し訳なさそうな目で私を見ている。

私は気にしない振りをして、

「そうなの、子どもたちのこと、少しずつでも書いておきたいと思って」

と、彼女に親しみを込めて笑顔を向けた。長男に「お母ちゃまの書くものは面白いよ」などとおだてられて、前月からエッセイの講座をちょうど受講し始めたところだった。

「書き溜めたら読んでくださる?」

私は身の程知らずにも大胆な申し出をした。

「ぜひ! もう、ぜひ読ませてください!」

彼女としては他にいいようもなかっただろうが、とにかく楽しみにしてくれるという。これで読者に内定だ。

「わーっ、ありがとう! 張り合いができたわ」

読者を得て、「書くこと」の目標がひとつ、定まったのだった。

初めての父の日

「これ、彼女が見立てたんだ。今日はこられなくて申し訳ないって」

父の日の夕方、先月結婚した長男が帰ってきて、少し照れくさそうに紙袋を取り出した。

「おう、ありがとう」

受け取る主人もちょっとぎこちない。

「早く開けてみて」

私が促すと主人は嬉しそうに口元を綻ばせながら、ネクタイと思《おぼ》しき箱を袋から取り出し、蓋を取った。

ラベンダー色の光が立ち上る。

「ほう！」

「まあ！」

主人と私、一瞬絶句。

彼女が、紫色が好きなことは結婚式と披露宴の準備を通して承知していたが、主人に選んでくれたネクタイが、ピンクがかった紫色とは意表を衝かれた。

「素敵な色ねえ。きっと紺のスーツに似合うわ。私じゃ思いつかない色よ。お洒落ねえ」

手にとって光にかざすと光沢あるジャガード織にアルマーニのロゴが浮かび上がった。

「明日、締めていこう」

目を細めて主人が頷く。

「手紙もあるんだ」

長男の言葉に主人が袋の底を探ると、菫色の封筒が出てきた。

中には薄紫色のカードが一枚。

「私にとって初めての父の日です」

と几帳面な文字で綴られている。

「うーん、嬉しいね」

「よろしくね。『ありがとう』って伝えてね」

主人と私の声を背中に受けて新居に向かった長男が、到着した頃を見計らってメールを送った。

「私たちにとって初めての娘からのプレゼントです。ありがとう」

目前に……

五月五日と知らされていた初孫の予定日が、ここへきてにわかに早まりそうな気配になってきた。

手薄なゴールデンウィーク中に予定日がある患者を、胎児の成育が順調であれば早めに出産させてしまうのが、病院の方針だからだ。

「もう、二六〇〇から七〇〇あるから、二三か四あたりで出産するかも」と、友人の披露宴に出席するため、日曜日にひとりで着替えに立ち寄った長男は、いたって落ち着いたものだ。お嫁さんも、自分たちが勤務するK大学病院の判断だからだろう、何も心配していないという。

二週間前に二人で遊びにきた時に、「もしかしたら早くなるかも」と聞かされてはいたが、実際にこれほど早まるとは思っていなかった。

異議を唱えるつもりなどさらさらないが、「隔世の感ね。私たちの時代は『おなかの中の一日は、外の一週間』っていわれたのよ。中のほうが環境がいいんだから、ぎりぎりまで入れといてあげるほうがいいって意味」と、思わず一言。「へぇぇー、そうなんだ」と長男、初耳と驚く。

因みに彼は三四七〇グラム、次男は四〇七〇、三男は三八〇〇。自然に陣痛が起きるまで待つという当時の日大病院の方針で、三人とも予定日を少し過ぎてから生まれてきた。

「前は、二八〇〇じゃ小さいっていわれたよな……」と、主人も少々当惑気味だ。

そうこういっても、特にゴールデンウィーク中に限らず、あまり大きくならないうちに陣痛促進剤で産ませてしまう病院が、日本全国、今では主流であることは分かっているし、そのほうが妊婦の負担が少なく、また、病院側としても準備が整うといった利点があることも承知している。

ここはもう乗りかかった船だ。

「マア、しょうがないわよね。お任せするしか」

「うん、そうなんだよ。何かあったら、直ぐ連絡するから」

「大丈夫。二〇日過ぎから予定は入れないようにしとくから」

請け合って送り出した後、カレンダーに日をやった。

五月五日といっても、初産だから少し遅れて一〇日前後かと心積もりしていた。それが二〇日近くも早まって、今月中には入院、出産、退院となりそうだ。

初孫を抱く日が、もう目前に迫っている。

【著者紹介】
東野明美（とうの・あけみ）
1953年（昭和28年）、東京都世田谷区生まれ
1972年（昭和47年）、桜蔭高等学校卒業
1976年（昭和51年）、早稲田大学 法学部卒業
1981年（昭和56年）、早稲田大学大学院法学研究科 博士課程前期修了
著書『戦下の月』（2006年、元就出版社・日本図書館協会選定図書）

ともに生きる時間

2010年5月18日　第1刷発行

著者　東《とう》 野《の》 明《あけ》 美《み》
発行人　浜　正史
発行所　株式会社　元就《げんしゅう》出版社
〒171-0022 東京都豊島区南池袋4-20-9
サンロードビル2F-B
電話 03-3986-7736 FAX 03-3987-2580
振替 00120-3-31078
装幀　唯野信廣
印刷所　中央精版印刷株式会社
※乱丁本・落丁本はお取り替えいたします。

ISBN978-4-86106-190-5 C0095

東野明美・著

戦下の月

―日本図書館協会選定図書

戦時下の苛烈な青春

ペンを持つ手を剣にかえて、愛する家族を守るために戦野に赴いた若き見習士官の戦いの日々。流麗な筆致で描きあげた太平洋戦争の証言。

■定価二一〇〇円